複合監禁

警視庁極秘戦闘班

南　英男
Minami Hideo

文芸社文庫

目次

第一章　電波ジャック

十二月三日　午後八時五分

白い鉄扉《てっぴ》が乱暴に開けられた。

東都テレビの第八スタジオだ。局は港区《みなと》赤坂《あかさか》五丁目にある。

第八スタジオは三階の端にあった。劇場としても使える多目的大型スタジオだ。

広いスタジオでは、音楽番組のドライリハーサルが行なわれていた。

女性ボーカル特集コーナーに出演予定の若い人気歌手たちは、まだカジュアルな私服のままだった。化粧もしていない。録画撮《ど》りは午後十時に開始されることになっていた。

スタジオ内には、八人のポップス系の歌手と九人の番組スタッフがいるだけだった。

番組の司会者は、リハーサルには顔を出していなかった。歌手たちの付き人やマネージャーは局内の喫茶室で一息入れていた。

人気歌手や番組スタッフが、一斉《いっせい》に出入口に視線を向けた。

そこには、四人の男が立っていた。

全員、黒いバトルスーツ姿だ。四人とも、同色のフェイスキャップを被《かぶ》っている。開いている部分は、かなり広い。両眼だけではなく、鼻も半分ほど見える。

男たちは、それぞれ短機関銃《サブマシンガン》や自動拳銃を手にしていた。どの目も険《けわ》しかった。

「おたくたち、『スターびっくりカメラ』の仕掛け人でしょ？　しかし、何も話は聞いてないいな」

歌番組のチーフプロデューサーが微苦笑した。四十五、六歳だ。

すると、四人組のリーダーらしい男が無言でベレッタPM12Sの銃口を天井に向けた。イタリア製のストック折り畳《たた》み式の短機関銃だ。

頭上のスチールフレームには、大型照明器が幾《いく》つも見える。コンピューターで操作する仕組みになっていた。

「まだ下手《へた》な芝居をつづける気なの？」

チーフプロデューサーが呆《あき》れ顔で言った。

その語尾に、短機関銃の連射音が重なった。放たれた九ミリ弾が、ほぼ中央の大型照明器を撃ち砕《くだ》いた。

ガラスやプラスチックの破片が雹《ひょう》のように落下し、床《フロア》で大きく跳《は》ねた。

チーフプロデューサーが体を硬直させた。歌手や番組スタッフたちが悲鳴をあげ、奥の壁際《かべぎわ》や巨大な背景《ホリゾント》の陰に逃《のが》れた。どの顔も蒼《あお》ざめている。

出入口は一ヵ所しかない。

リーダーと思われる男は、鋭い目を片方だけ眇《すが》めた。一段と凶悪な顔つきになった。

眼光の鋭い男は三人の仲間たちに目配せした。

三人のひとりは、ガスボンベを背負っていた。

ボンベのバーナーが点火されると、別の男が鉄の棒を出入口の鉄扉の内錠に押し当てた。

内錠と白いスチールドアの隙間《すきま》が溶接されはじめた。鉄の棒を持った男は、グローブのような手袋を嵌《は》めていた。

残りのひとりが拳銃をちらつかせながら、身を竦《すく》ませているスーパーアイドルの氷室香奈恵《ひむろかなえ》に近づいた。香奈恵は本能的にわが身に危険が迫ったことを嗅《か》ぎ取ったらしく、身を翻《ひるがえ》した。

だが、遅かった。

男は、スーパーアイドルの栗色の長い髪を抜け目なく鷲摑《わしづか》みにした。香奈恵は頭髪を引き絞られ、動けなくなった。

男が香奈恵の左のこめかみに銃口を強く押しつけた。香奈恵の頰《ほお》が引き攣《つ》る。

拳銃はグロック26だった。オーストリア製の自動拳銃だ。その命中度の高さは、世界的に知られている。

「悪いが、人質になってもらうぞ」

男が言った。声には、いくらか同情が込められていた。

香奈恵が喉《のど》の奥で言葉を詰まらせ、童女のように首を振った。黒目がちの瞳は、恐怖で大きく盛り上がっている。

香奈恵は、まだ十九歳になったばかりだ。しかし、掛け値なしのスーパーアイドルだった。

数年の間にダンサブルな歌を次々にヒットさせ、最新のアルバムは三百七十万枚以上も売れた。ことに、十代後半から二十三、四歳の若い同性に熱狂的に支持されている。

香奈恵は、どこかエキゾチックだった。

歌やダンスがうまいだけではなく、プロポーションも群を抜いている。その上、ファッションセンスがいい。

そんな香奈恵に憧れている若い女性は、俗にカナリーと呼ばれていた。映画やテレビのCFにも出演し、今や氷室香奈恵の人気は絶好調だった。

「ベア、もたつくな」

リーダー格の男が、香奈恵の腕を捉《とら》えた配下を叱《しか》りつけた。

ベアと呼ばれた男は中背ながら、肩幅が広かった。胸板も厚い。ベアは暗号名《コードネーム》か、綽名《あだな》だろう。

「早く香奈恵をこっちに連れてこい！」

短機関銃をぶっ放した男が、苛立《いらだ》たしそうに喚《わめ》いた。

ベアが香奈恵の背を押す。スーパーアイドルの足取りは、病上《やみあ》がりの老女のように覚束《おぼつか》なかった。

残忍そうな目をした男が香奈恵の片腕を荒々しく摑み、大声を張りあげた。

「番組の制作責任者は誰だ？」

「わたしがチーフプロデューサーの国政陽介《くにまさようすけ》だが……」

さきほど四人組に声をかけた男が、一歩前に進み出た。

「おれはイーグルだ。いまから、われわれの指示に従ってもらう」

「な、なんだって⁉　だいたい、おたくらは何者なんだ？　なぜ、このスタジオに押し入ったんだっ」

「ちょっと電波を借りたいと思ってな」

「電波を私物化する気なのか⁉」

「そういうことだ。リハーサルは中止してもらうぜ」

られなかった。


「われわれに逆《さか》らったら、ここにいる全員が死ぬことになる」

イーグルと称した男が呟《つぶや》くように言い、香奈恵のほっそりとした肩を馴《な》れ馴れしく抱いた。

香奈恵が身を竦《すく》ませ、何か訴《うった》えようとした。しかし、震える赤い唇からは声は発せられなかった。

「そ、そんな⁉」

イーグルは三十歳前後だった。

細身だが、筋肉は発達している。身長は百七十五、六センチだ。

「電波ジャックの目的は何なんだ？」

チーフプロデューサーの国政が、イーグルに訊《き》いた。

「超大物政治家のスキャンダルを暴《あば》く」

「誰なんだね、その人物は？」

「すぐに、わかるさ。急いで生放送の準備に取りかかれ」

「断る」

「ばかな男だ。英雄になり損《そこ》なったな」

イーグルは言うなり、イタリア製の短機関銃の引き金を無造作《むぞうさ》に絞った。

たてつづけに三発、連射された。三弾とも、チーフプロデューサーの顔面に命中した。

肉片や鮮血が派手《はで》に飛散する。国政は七、八メートル後ろまで吹き飛ばされ、仰向《あおむ》けに倒れた。それきり身じろぎもしない。顔の半分が消えている。すでに死んでいることは、誰の目にも明らかだった。

悲鳴が幾重《いくえ》にも重なった。

スタジオ内に閉じこめられた残る十六人の男女が怯《おび》え戦《おのの》きはじめた。男女ともに、八人ずつだった。

「ひどい！」

香奈恵が高い声で言い、その場にうずくまった。

ちょうどそのとき、若いアシスタントディレクターが胃の中のものを逆流させはじめた。拡散する硝煙《しょうえん》の向こうで、女性ロックシンガーが幼女のように泣きだした。

イーグルはうっとうしそうに眉根《まゆね》を寄せ、ベレッタＰＭ12Ｓの負い革《スリング》を左肩に掛けた。馴《な》れた仕種《しぐさ》だった。

突然、外からスタジオの鉄扉に体当たりする音が響きはじめた。だが、溶接された隙間が割れるようなことはなかった。

それでも、溶接を命じられた二人の男は不安げだった。イーグルが、どちらにともなく声をかけた。

「落ち着け」

「そう言われても……」

デトニクスを握り締めた小柄な男が、小声で応じた。アメリカ製の拳銃だ。

「リラックス、リラックス！　ラビット、笑ってみろ」

「こんなときに笑えないよ。それより、なぜ局の人間を殺してしまったんだ。何も撃たなくても……」

「そうだよ」

ドイツ製の自動拳銃を持った男が、ラビットに同調した。そのとたん、イーグルの声が尖《とが》った。

「甘いな、おまえら。人質に同情なんかしてたら、目的は果たせないぜ。おまえら、本気で悪党政治家を断罪する気があるのかっ」

「あるさ。だから、こうしてテレビ局のスタジオを占拠したんじゃないか」

「それなら、感情を捨てるんだ。いいな、ドッグ！」

「わかったよ」

ドッグと呼ばれた二十六、七歳の男がうなだれた。やや垂《た》れ目だ。

「予定通りに動け」

イーグルが、ラビットとドッグに命じた。

二人はうなずき、香奈恵を除く十五人の人質を奥の壁側に集めた。

ベアが血塗《まみ》れの国政の死体をホリゾントの裏側まで引きずっていった。それから彼はイーグルと背中合わせに立ち、オーストリア製の拳銃の銃口をスタジオの出入口に向けた。

鉄扉の向こうで、テレビ局員たちの緊迫した気配がする。ベアが緊張した面持《おもも》ちで、グロック26の銃把《グリップ》を握り直した。

イーグルが香奈恵を連れて、一カ所に固まっている人質に歩み寄った。

女性ロックシンガーは、まだ啜《すす》り泣いていた。パンクふうの身形《みなり》だが、気は弱いほうなのだろう。吐いたアシスタントディレクターは、神経質に格子柄のハンカチで口《くち》許《もと》を拭《ぬぐ》っている。

「番組のチーフディレクターは、どいつなんだ？」

「わたしです」

ボストン型の眼鏡《めがね》を掛けた三十四、五歳の痩《や》せた男が、こわごわ片手を挙《あ》げた。ダークグリーンのタートルネック・セーターの上に、焦茶《こげちゃ》のレザージャケットを羽織《はお》っている。

「名前は？」

「岩城《いわき》、岩城徹《とおる》です」

「このスタジオに社内電話はあるな？」

「ええ」

「制作局長の名は？」

イーグルが岩城を見据《す》えた。

「稲田利行《いなだとしゆき》です」

「そいつに電話して放送中の番組を中断し、生放送の用意をしろと伝えろ」

「このスタジオから何かメッセージを画面に……」

「そうだ。命令に背《そむ》いたら、きょうがおまえの命日になるぞ」

「あなたたちが何を訴えようとしているのかわかりませんが、視聴者へのメッセージはビデオ収録させていただいて、後日、必ずオンエアしますから、生放送だけはご勘弁《かんべん》ください」

「死にたいようだな」

「や、やめてください。今月の末に、二番目の子供が出来るんです」

岩城が哀願口調で言った。

「親はなくても、子は育つ」

「わ、わかりました」

「稲田って制作局長に、もうひとつ伝えろ。われわれのことを警察に通報したら、ここにいる人質を皆殺しにするってな」

イーグルが左肩から短機関銃の負い革《スリング》を器用に振り落とし、銃口でチーフディレクターの胸を突いた。

岩城が後ずさり、すぐさまスタジオの隅《すみ》にある社内電話機に駆け寄った。受話器を摑み上げた左手は、小刻《こきざ》みにわなないている。

「シンデレラガールも、きょうばかりは厄日《やくび》だったな」

イーグルが香奈恵に話しかけた。

「厄日って？」

「頭ん中は空《から》っぽらしいな。それにしても、稼《かせ》ぎに稼いだじゃないか」

「お金が欲しいんですか？」

スーパーアイドルが無邪気《むじゃき》に問いかけた。

イーグルが、せせら笑った。香奈恵は黒々とした長い睫毛《まつげ》を伏せた。

ミニスカートから覗《のぞ》く脚《あし》は、折れそうなほど細い。

ぽっちゃりとした愛くるしい顔とスリムな肢体《したい》が、どこかアンバランスだ。しかし、そのちぐはぐさが奇妙な魅力になっている。

少し経《た》つと、岩城が受話器を置いた。

「局長に話を伝えました。そちらの要求をすべて呑《の》めとのことでした」

「物分かりのいい局長だな。それじゃ、すぐに電波を拝借しよう。スタッフを持ち場につかせろ」

イーグルは顎《あご》をしゃくった。

岩城がTVカメラマンやアシスタントディレクターたちに短い指示を与えた。

イーグルは、小柄なラビットを目顔《めがお》で促した。

ラビットが中央のカメラの前に立ち、深呼吸する。デトニクスは、腰の後ろに隠された。

メインカメラに赤いランプが灯《とも》った。

午後八時二十分

裸身は泡塗《まみ》れだった。

郷原力也《ごうはらりきや》は湯船に浸《つか》って、瀬尾《せお》さつきの動きを目でなぞっていた。渋谷《しぶや》区恵比寿《えびす》三丁目にある賃貸マンションの自室だ。

二人がここで同棲《どうせい》するようになって、すでに八カ月が経《た》つ。間取りは2LDKだった。

この四月まで、郷原は目黒《めぐろ》区中目黒のマンションに住んでいた。そこを引き払う気になったのは、恋人のさつきを楯《たて》にした凶悪な殺人鬼を射殺してしまったからだ。

三十七歳の郷原は、警視庁捜査一課極秘戦闘班の班長《キャップ》である。

職階は警部だった。班長といっても、部下は二人しかいない。しかし、どちらも有能な刑事だった。

郷原の率《ひき》いる極秘戦闘班は、警視総監直属の捜査機関である。新設されたのは、一年八カ月前だ。外部の者には、ほとんど知られていない。

郷原はＳＰ《セキュリティー・ポリス》時代に要人襲撃を未然に防ぎ、幾度《いくど》も警視総監賞を授与された。その功績が高く評価され、班の初代班長に抜擢《ばってき》されたのだ。

極秘戦闘班は集団誘拐《ゆうかい》、無差別テロ、国際規模の陰謀など凶悪な大事件に発展しそうな犯罪を未然に防いだり、初期の段階で叩《たた》き潰《つぶ》す任務を担《にな》っていた。

通常の俸給のほか、事件一件に付いて極秘戦闘班のメンバーは各自三十五万円の危険手当を貰《もら》える。そのほかの特別手当はない。

警視庁機動隊には、三十数年前からハイジャック対策特殊部隊、アクアラング小隊、レンジャー小隊、特殊警備部隊、狙撃部隊といった特殊チームがある。

それらの部隊は、総勢七十人から七百人という大編成だ。それだけの数の人間が動くとなると、どうしても人目につきやすい。

そこで、少数精鋭の極秘戦闘班が誕生したのである。ハイジャックやテロ事件の際に犯人制圧や人質救出に当たる特殊部隊『ＳＡＴ《スペシャル・アサルト・チーム》』とは別組織だ。

特殊急襲部隊と訳されている『ＳＡＴ《サット》』が設置されているのは警視庁、大阪府警、北海道警、千葉、神奈川、愛知、福岡、沖縄各県警だ。どのチームも機動隊に所属している。

『ＳＡＴ』は計十チームで、メンバーは約二百人だ。警視庁には三チームが設《もう》けられ、各隊二十人で構成されている。

既存の特殊チームから選ばれた精鋭揃《ぞろ》いで、柔道、剣道、空手、少林寺拳法などの高段者が多い。入隊時に二十五歳以下であることが条件で、最低五年以上は在籍する。危険を伴《ともな》う任務のため、独身者しか入隊できない。

隊員たちは千五百メートルを五分以内で走り、平均で懸垂《けんすい》四十回、腹筋千二十六回をこなす。

メンバーは連日、射撃や格闘技、突入訓練などに励んでいる。訓練に使われる車、飛行機、ビルなどはすべて実物だ。

走りながら、正確に撃つ。ビルの窓から飛び込んで一回転し、標的を撃ち抜《ぬ》く。ロープを使って、隣のビルに移る。ビルの屋上から降下する。

そうしたメニューで、隊員たちは敏捷《びんしょう》性と持久力を養《やしな》っていた。

ライフル射撃については警察に訓練施設がないため、わざわざ自衛隊の射撃場で実射訓練をしている。

『ＳＡＴ』のメンバーは、自動拳銃、ライフル、暗視双眼鏡、レーザー距離測定器、聴音装置などを装備する。

極秘戦闘班は必要に応じて、警視庁『ＳＡＴ』の三チームを指揮下に置くことを許されていた。しかし、これまでは一度も出動の要請はしていない。

極秘戦闘班のオフィスは、本部庁舎六階にある捜査一課の一隅に設けられている。といっても、パネルで仕切っただけの小部屋だ。三つのスチールデスクとキャビネットがあるきりで、殺風景そのものだ。

極秘戦闘班が出動することは、年に数回しかない。たいていメンバーは、来る日も来る日もポーカーに興じている。

そんな郷原たち三人は、捜査一課の刑事たち約三百五十人から好印象は持たれていない。無駄飯喰《ぐ》いと聞こえよがしに言う者さえいた。

だが、郷原たちは無為《むい》に日々を過ごしているわけではなかった。『ＳＡＴ』のメンバー以上のハードな訓練を密《ひそ》かに重ねていた。したがって、いつでも出動可能だった。

極秘戦闘班が捜査一課に組み込まれたのは、機動隊の特殊部隊関係者を刺激しないための配慮である。

郷原たちは、捜査一課長の指揮で動いているわけではなかった。いわば、居候《いそうろう》の身だった。そのせいで、捜査一課の面々には疎《うと》まれているのだろう。

極秘戦闘班は警視総監の直轄《ちょっかつ》下にあるが、江守敏宏《えもりとしひろ》警視総監が直《じか》に命令を下《くだ》すことはない。もっぱら極秘指令は、機動捜査隊隊長の麻生隆一《あそうりゅういち》警視正からもたらされる。

五十六歳の麻生は、警視庁の警備と全機動隊を統轄《とうかつ》していた。

ノンキャリアの出世頭《がしら》だが、少しも厭味《いやみ》な点がない。穏《おだ》やかな性格で、紳士そのものだった。

麻生警視正は、殉職《じゅんしょく》した郷原の叔父《おじ》の親友でもあった。叔父と麻生は同じ機動隊に属していた。

叔父が殉職する前年にも、身内に不幸があった。

郷原の五つ違いの姉が変質者に夜道で顔面と胸をカッターナイフで傷つけられてしまったのだ。姉はショックと絶望感から、数日後に自らの命を絶《た》ってしまった。

姉《や》を死に追い込んだ犯人は、ついに見つからなかった。公訴《こうそ》時効を迎えた日、郷原は遣り場のない憤《いきどお》りに身を震わせた。当時、殺人罪には時効があった。

姉と叔父の不幸を目《ま》の当たりにして、彼は人一倍、犯罪を憎むようになった。中堅私大の法学部を卒業すると、迷わず警視庁採用の一般警察官《ノンキャリア》になった。

巡査部長に昇格したとき、郷原は第七機動隊のレンジャー小隊に配属された。卓抜《たくばつ》な射撃術を買われたのだ。警部補に昇格すると、刑事部捜査一課に移された。四年間、強行犯係の刑事を務《つと》めた。

警部になったのは、三十一歳のときだった。郷原は警備部に転任となり、〝背広の忍者〟と呼ばれるＳＰになった。その後、極秘戦闘班の初代班長に任命されたのである。

さつきがシャワーヘッドを摑んだ。

後ろ向きだった。肩の線が美しい。腰のくびれは深かった。張りのあるヒップは、白桃を連想させる。

郷原は急激に猛《たけ》った。

湯の中で、分身が雄々《おお》しく反《そ》っている。さつきがシャワーで全身の白い泡を洗い流しはじめた。

二十七歳だが、まだ肌は充分に瑞々《みずみず》しい。肌理《きめ》の細かい柔肌には、湯の雫《しずく》が無数にまとわりついている。

「そろそろ出ないと、湯のぼせしちゃうんじゃない？」

さつきが言いながら、体の向きを変えた。

砲弾型の乳房は重たげだ。ほぼ逆三角形に繁《しげ》った和毛《にこげ》は濡《ぬ》れて恥丘にへばりついている。煽情《せんじょう》的な眺めだった。

「いまは、出るに出られないんだ」

「あら、どうして？」

「これだよ」

郷原は自分の下腹部を指で示した。

さつきがシャワーヘッドをフックに戻し、浴槽の中を覗いた。

「あら、あら」

「みっともないから、早く隠しちまってくれないか」

郷原は言って、胡坐《あぐら》をかいた。

「え？　ああ、わたしの体で……」

「そういう意味だよ」

「困った坊やね」

さつきが艶《つや》っぽく笑い、湯船に片脚を入れた。それから彼女は、ゆっくりと郷原の太腿《ふともも》の上に跨《また》がった。

浴槽から湯が勢いよくあふれ、洗い場のボディーソープの容器が倒れた。容器は円を描くように回り、排水口まで流された。

二人は短く見つめ合った。

さつきは、警察庁科学警察研究所の物理科学班の技官である。〝ミス科警研〟と言われるだけあって、人目を惹《ひ》く美貌だ。

細面《ほそおもて》の整った顔は息を呑むほど美しい。いかにも利発そうな顔立ちだが、冷たさや堅《かた》さは感じさせなかった。

くっきりとした二重瞼《ふたえまぶた》の両眼には、妖《あや》しさが宿っている。形のいい鼻も取り澄ました印象は与えない。頬から顎にかけて、官能的な気配がうかがえる。やや肉厚な唇は、男の欲情をそそった。

さつきは、知性の輝きと妖艶さを併《あわ》せ持った女だった。郷原は一年半ほど前に科学分析の依頼で千葉県柏《かしわ》市にある科警研を訪れ、さつきと知り合ったのだ。

初対面で、彼は美人技官にひと目惚《ぼ》れしてしまった。こと恋愛に関しては、もともと猪突猛進《ちょとつもうしん》型だった。

すでに郷原は妻子持ちだったが、抑《おさ》えが利《き》かなかった。ほぼ毎日、さつきの職場に押しかけた。男女の仲になると、逆にさつきが郷原にのめり込んできた。彼女が郷原の外見に魅《み》せられたはずはない。

郷原はハンサムではなかった。

額《ひたい》が前に張り出し、造作《ぞうさく》の一つ一つが厳《いか》つい。体型もスマートとは言えなかった。

身長こそ百七十九センチあるが、筋肉が発達しすぎていた。

全身に、大小の瘤《こぶ》をまとっている。おまけに、毛むくじゃらだった。学生時代には、ゴリラという綽名《あだな》をつけられていた。

「わたしって、悪い女ね」

さつきが脈絡もなく言った。

「急に何だい？」

「まだ力也さんが正式に奥さんと別れたわけじゃないのに、あなたと一緒に暮らしてるんだもの」

「その話は、もうよそう」

「ごめんなさい。言わない約束だったわね」

「ああ、そうだな」

郷原は背を丸め、さつきの唇をついばみはじめた。

別居中の妻子のことを思うと、いつも後ろ暗い気分になる。妻の恵美子《えみこ》は三十歳で、ひとり息子の豊《ゆたか》は五歳だった。妻と子は、郷原が親から相続した吉祥寺《きちじょうじ》の家で暮らしている。

郷原は毎月、妻名義の銀行口座に二十八万円の生活費を振り込んでいた。その額は、手取り俸給の七割近かった。

郷原自身は、父親が遺《のこ》してくれた貸店舗の家賃収入で主に暮らしを支えていた。

恵美子は、いわゆる良妻賢母だった。気が優しく、忍耐強い。性格にも裏表がなかった。そこそこの教養を備《そな》え、容姿も人並み以上だった。

ただ、女としての魅力に少し欠《か》けている。考え方が生真面目《きまじめ》すぎて、万事に面白《おもしろ》みがなかった。郷原は自分なりに努力してみたが、気持ちの隙間は埋めようがなかった。

身勝手を承知で、別れ話を切り出した。

恵美子は夫の申し出を理不尽《りふじん》な仕打ちだと控え目に詰《なじ》り、頑《がん》として離婚話には応じようとしなかった。妻にしてみれば、当然のことだろう。

郷原は申し分のない妻と子に自分のわがままを詫《わ》び、強引に別居生活に踏み切ったのだ。

さつきが情熱的に郷原の唇を貪《むさぼ》りはじめた。

郷原は恋人の舌を吸いつけながら、二つの乳房を交互に揉《も》んだ。早くも乳首は硬く尖っている。

さつきが喉の奥で喘《あえ》ぎ、郷原の昂《たか》まりに触《ふ》れた。

郷原は握り込まれた。

さつきの指が巧《たく》みに動く。郷原は口唇をさつきの首筋に当てながら、飾り毛を梳《す》きはじめた。指を動かすたびに、恥毛は湯の中で揺《ゆ》らめいた。

郷原は頃合を計《はか》って、敏感な突起に指を進めた。

さつきが身を震わせ、甘く呻《うめ》いた。

芽を想《おも》わせる部分は、こりこりに痼《しこ》っている。芯の塊《かたまり》は、まるで真珠のような手触りだっだ。それを抓《つま》んで揺さぶりたてると、さつきが切なげな声を洩《も》らした。ほとんど同時に、彼女の腕の動きが大胆になった。

郷原は陰核《クリトリス》を慈《いつく》しみながら、笹舟の形に綻《ほころ》びかけている合わせ目を指で大きく捌《さば》いた。

襞《ひだ》の折り重なっている場所には、愛液が溜《た》まっていた。小陰唇もぷっくりと膨《ふく》れ上がり、火照《ほて》りを伝えてくる。

郷原は愛らしい芽と双葉をひとしきり一緒に打ち震わせた。

とたんに、さつきの息が乱れた。時々、短く呻いた。

表情も淫蕩《いんとう》だった。眉《まゆ》がたわみ、閉じた瞼《まぶた》の陰影が濃い。

郷原は、遊んでいる指を亀裂の奥に深めた。

第二関節まで沈めると、指先が天井の盛り上がった部分に届いた。Gスポットだ。

郷原は指の腹で、その箇所《かしょ》を押した。ひと押しごとに、盛り上がりは大きくなった。

一分も経たないうちに、さつきは最初の極《きわ》みに達した。

上体を反らせながら、悦《よろこ》びの声を迸《ほとばし》らせた。唸《うな》りに近い声だった。さつきは裸身を痙攣《けいれん》させながら、甘美なスキャットを響かせつづけた。

郷原は体を繋《つな》ぎたくなった。

片手でさつきの尻を掻《か》き抱《いだ》き、下からペニスを潜《くぐ》らせる。さつきが淫《みだ》らな声をあげた。

内奥《ないおう》は、ビートを刻んでいる。エクスタシーの余韻《よいん》だ。緊縮感が鋭い。まるで搾《さく》乳器《にゅうき》で締めつけられているようだ。

郷原は、下から突き上げた。さつきの体が弾《はず》む。郷原は両腕で、さつきの上半身を抱いた。

「たまらないわ……」

さつきが上擦《うわず》った声で言い、腰を揺すりはじめた。湯が波立つ。

郷原はさつきの乳首を口に含み、指の腹でクリトリスを圧《お》し転がしはじめた。

そのすぐ後《あと》だった。居間から、刑事用携帯電話《ポリスモード》の着信音がかすかに響いてきた。

さつきは、着信音に気づかないようだ。そのまま腰を弾ませている。

電話は、なかなか鳴り熄《や》まない。

「呼集《こしゅう》かもしれない。着信音が響いてるんだ」

郷原はさつきの肩を叩いて、そう言った。警察関係者は、召集を呼集と言い換えている。

「いやだわ。わたし、まったく気づかなかった」

「ちょっと中断しよう」

「ええ」

さつきが浴槽の縁《ふち》に両手を掛け、結合を解《と》いた。

郷原は湯船を出ると、脱衣室でバスローブを引っ掛けた。ローブのベルトを結びながら、居間に急ぐ。

ポリスモードは、ソファセットのサイドテーブルの上に載《の》っている。耳に当てると、麻生警視正の声が響いてきた。

「わたしだ。着信音が聞こえなかったのかな？」

「すみません。風呂に入ってたんですよ」

「そうだったのか」

「出動指令ですね？」

「そう。東都テレビの第八スタジオに四人組の男が押し入って、居合《い》わせた番組出演者と制作スタッフの計十六人の男女を人質にして立て籠《こも》ったんだ。すでに一名、射殺された」

「わかりました。うちのメンバーに呼集をかけて、ただちに登庁します」

「頼む。わたしは、いつものように別室で待ってる」

「メンバーに声をかけます」

郷原はいったん通話終了キーを押し、部下の五十嵐健司《いがらしけんじ》警部補と轟直人《とどろきなおと》巡査部長のポリスモードを鳴らした。

午後九時十分

高層用エレベーターが停《と》まった。郷原はホールに降り、極秘戦闘班の作戦会議室に向かった。

本部庁舎の十七階だった。

関係者は、その部屋を別室と呼んでいた。

二十畳ほどの広さで、扉は二重になっている。赤外線防犯装置も設けられ、関係者以外は立ち入りできない。部屋の奥には、武器弾薬庫があった。

柄《がら》セーターの上に鹿革《しかがわ》のブルゾンを羽織った郷原は、慌《あわ》ただしく作戦会議室に入った。

楕円形《だえんけい》のテーブルを挟《はさ》んで、極秘戦闘班の部下たちが麻生警視正と何か低い声で話し込んでいた。

「遅くなりました」

郷原は麻生に詫び、部下たちの間に腰かけた。

右側にいる五十嵐は、三十三歳だった。公安畑出身で、右翼や左翼の動向を知り尽っくしている。去年の秋に結婚したのだが、まだ子供には恵まれていない。妻は現役の看護師である。

左隣に坐っている轟は、二十九歳だった。陸上自衛隊情報本部の諜報員から、警察官に転進した変わり種《だね》だ。

チーム入りするまで、轟は外事一課で外交使節関係の犯罪捜査やスパイ防止活動に携《たずさ》わっていた。独身だ。

轟はオートバイ好きで、ハーレーダビッドソンで通勤している。片方の耳にピアスを光らせ、長い髪を後ろで一つに束《たば》ねていた。とても刑事には見えない。

「実は、今回は所轄署から要請があったわけじゃないんだよ。東都テレビの役員をしている人物から、わたし個人に相談があったんだ」

麻生がそう前置きして、東都テレビから逐次《ちくじ》連絡が入ってきた事件のあらましを要領よく語った。すでに江守警視総監には報告済みらしい。

フェイスキャップを被ってバトルスーツに身を固めた四人組が三階の第八スタジオを占拠したのは、午後八時五分ごろだった。

目撃者たちの話によると、四人は堂々と廊下を歩き、第八スタジオに押し入ったらしい。その途中、何人もの局員が犯人グループを見かけているが、誰ひとりとして怪《あや》しまなかった。多くの目撃者が、彼らをバラエティー番組に出演するタレントたちと早合点してしまったようだ。

　四人組はスタジオの鉄扉を内側から溶接し、反抗的なチーフプロデューサーの国政陽介を射殺して、氷室香奈恵ら人気歌手八人と番組スタッフの八人を人質に取った。

　さらに犯人グループは、超大物政治家の悪事を電波で告発したいと生放送の中継を強《し》いた。

　制作局長の稲田利行は人質に取られたチーフディレクターの岩城徹に犯人たちの告発の模様を撮影させたが、それを茶の間には流さなかった。

　稲田局長は制作局員に命じ、第八スタジオの生放送の映像が一般家庭のテレビには流れないよう細工をしたのである。ただ、第八スタジオのモニターには、生放送の映像が茶の間のテレビに放映されたように見せかけた。

　犯人グループが、その偽装に気づいた様子はない。しかし、そのうち看破されてしまう恐れもある。

「東都テレビの重役は、トリックを見破られる前に何とか極秘に十六人の人質を救出してもらえないかと言ってきたんだよ」

「犯人グループが生放送させようとした映像は当然、局はビデオ収録してありますよね？」

　郷原は麻生に確かめた。

「それが、ないそうなんだ」

「ないって、どういうことなんです？」

「犯人グループが告発したのは本橋昇一郎《もとはししょういちろう》首相のことらしくてね、非常に慎重になっている」

「その内容について、東都テレビの重役は？」

「それについては、詳《くわ》しいことは何も喋《しゃべ》ってくれなかったんだ。後々のことを考えて、東都テレビは問題の録画を即座に消去したらしい。制作局員たちにも、その件で口外することは固く禁じてる感じだね」

「なんてことだ。その映像があれば、犯人の割り出しも可能だったのかもしれないのに……」

「わたしも、残念に思うよ」

麻生が溜息《ためいき》をつき、豊かな銀髪を両手で撫《な》で上げた。彫《ほ》りの深い顔立ちには、苦《く》渋《じゅう》の色がにじんでいる。

「班長《キャップ》、稲田という制作局長は告発の映像を観《み》てるわけですから、犯人グループについて、きっと何か手掛かりを得られますよ」

五十嵐が口を挟んだ。郷原はうなずき、麻生に顔を向けた。

「稲田氏は局にいるんですね？」

「ああ。きみらに全面的に協力してくれることになってる。それから、これがファクス送信されてきた東都テレビの全体図だ」

麻生がファイルを開き、ファクス受信紙を抓《つま》み上げた。

郷原はそれを受け取り、すぐに目を通した。スタジオや各部署の配置図で、エアダクトや通風孔の位置などは記されていない。

「建物の設計図や空調関係の図面の写しは、きみらが現場に到着するまでに稲田氏が揃《そろ》えてくれることになってる」

「わかりました」

「犯人グループは、警察の力を借りたら人質を皆殺しにすると予告したらしい。あくまでも極秘戦闘班だけの隠密捜査だから、慎重に行動してくれたまえ」

「はい」

「支援が必要なときは、すぐに『ＳＡＴ』の隊員を出動させよう。もちろん、きみたち三人で人質を全員救出し、四人組を逮捕してくれるのがベストだがね」

「全力を尽くします」

郷原は目で二人の部下を促し、真っ先に腰を浮かせた。

三人は奥の武器弾薬庫に足を向けた。武器弾薬庫は二重扉になっている。二つの鍵は、郷原が預かっていた。

手早く解錠し、庫内に入る。六畳ほどの広さだった。三人は競《きそ》い合うように、レザーブルゾンやセーターを脱いだ。

小太りの五十嵐は、いくらか腹が迫《せ》り出している。ずんぐりとした体型で、背は百六十七センチしかない。

髪は短く刈り上げている。丸顔で、どんぐり眼《まなこ》だった。唇も、やや厚めだ。

五十嵐は柔道五段の猛者《もさ》だが、まったくの下戸《げこ》だった。コップ一杯のビールで、赤鬼のような顔になってしまう。

轟は色白で、優男《やさおとこ》タイプだ。

面差《おもざ》しも優しい。睫毛が長く、切れ長の目は涼やかだ。上背は百八十二センチもある。

細身だからか、どことなく弱々しく映《うつ》る。しかし、轟は空拳道《くうけんどう》の達人だ。

空拳道は、沖縄空手と中国拳法をミックスした一撃必殺の武術である。

轟が本気で突きや蹴《け》りを見舞ったら、相手の骨は砕け、内臓は破れてしまう。技の威力を知っている当人は、めったなことでは空拳道の秘技を用《もち》いない。

郷原たちは、おのおのTシャツやトレーナーの上に最新型の防弾胴着《ボディーアーマー》を着込んだ。

主な材質は、アレイド・シグナル社が開発した特殊繊維である。鋼鉄の十倍の強度を持つ。スペクトラ繊維と呼ばれている。

半年あまり前まで使っていたケプラー繊維のボディーアーマーよりも、はるかに抗弾能力が高い。しかも、軽かった。貫通力が高いトカレフの七・六二ミリ弾も阻止できる。マグナム弾も通さない。

三人はボディーアーマーの上にＳＷＡＴヴェストを重ね、ブルゾンやウィンドブレーカーを羽織った。

これで、一般市民に見えるだろう。郷原たちはコマンドブーツに履《は》き替え、ガン・ロッカーに歩み寄った。

ロッカーには、自動拳銃のほかに自動小銃や短機関銃がびっしり並んでいる。大半は外国製品だった。

「拳銃《ハンドガン》だけじゃ、ちょっと心細い感じですね」

五十嵐がそう言いながら、腰のホルスターにヘッケラー＆コッホＰ７を突っ込んだ。ドイツ製の自動拳銃だ。

「念のため、ＵＺＩ《ウージー》サブマシンガン、レミントンＭ870ショットガン、それから催涙ガス・ランチャー一式も持っていこう」

「了解！」

「轟、おまえは小道具を詰めてくれ」

郷原は命じ、ベレッタＭ92ＳＢを携帯した。

イタリア製の高性能自動拳銃だ。複列式弾倉《ダブル・コラムマガジン》には、十五発の実包《じっぽう》が納まる。

轟が黒いフィールドパックに、特殊無線機、予備弾薬、多用途針金、カモフラージュ・スティックなどを手際よく詰めた。

地下二階に置いてある班専用の大型特殊ヴァンの中には、防毒マスク、暗視ゴーグル、投光器、万能ペンチ、ボルトカッター、ロープと各種リング、大型ハンマー、救急キットなどが常備してあった。

郷原は部下たちの動きを目で追いながら、腰の後ろに電子麻酔銃を差し込んだ。鉛《なまり》の弾丸の代わりに、強力な麻酔液を含んだダーツ弾が発射される。先端は、鏃《やじり》の形と同じだ。

ダーツ弾が標的に当たると、約二十五ミリリットルのキシラジンが注入される。個人差があるが、たいてい数十秒で被弾者は意識を失う。

ＦＢＩで開発された特殊銃だ。バッテリーで、ダーツ弾を放つ造りになっている。したがって、銃声はしない。

有効射程距離は、約二百メートルだ。七発入りだが、郷原は予備の弾倉を持った。

「準備完了です」

五十嵐が告げた。

極秘戦闘班の三人は麻生に見送られ、作戦会議室を出た。エレベーターで地下二階まで降り、郷原たちは、ベージュの特殊ワゴンに乗り込んだ。

運転席に坐ったのは轟だった。車はすぐさまスタートした。

午後九時六分

月が雲に隠れた。

暗い海を長方形の浮体構造物がゆっくりと滑っていた。近くに漁火《いさりび》は見えない。種子島《たねがしま》の東南の海上一キロのあたりだ。波浪は、やや高かった。

平たい岩のように見える物体は、超大型浮体構造物《メガフロート》だった。五つの浮体ユニットを接合したものだ。

長さ八十メートル、幅二十メートルである。フロートの主体材質は特殊コンクリートだ。軽くて強度が高い。

タグボートに押されている。エンジン音は、ほとんど聞こえない。

メガフロートの上には、ちょうど二十人の男が乗っていた。

男たちは黒いバトルスーツの上に、分厚い防寒コートを羽織っていた。揃って屈《かが》んでいる。

全員、武装していた。メガフロートの上には、ゴムボートが置いてあった。

男たちは、目立たないように島に上陸するつもりらしい。船やヘリコプターでは、どうしても人目につきやすい。

そのため、わざわざメガフロートを使っているのだろう。

島の最南端にある門倉崎《かどくらざき》に近づくと、男たちは次々に立ち上がった。

門倉崎は、鉄砲を積み込んだポルトガル船が一五四三（天文《てんぶん》十二）年に漂着した場所だ。

海抜百メートルの断崖の上には、鉄砲伝来紀功碑《きこうひ》が建っている。観光名所の一つだった。南蛮船を象《かたど》った展望台からは、太平洋が一望できる。

しかし、この時刻に観光客はひとりもいなかった。

種子島は、南西諸島の中では最も本土に近い。南北五十八キロ、最大幅十二キロの細長い島である。

面積は四百五十平方キロメートルで、人口は約三万人だ。北から西之表《にしのおもて》市、中種《なかた》子町《ねちょう》、南種子町《みなみたねちょう》の一市二町がある。

平坦で耕地が広く、サトウキビ、サツマ芋《いも》、米作りが盛んだ。海の幸にも恵まれ、全国から釣り人が集まる。マリンスポーツを楽しむ客も少なくない。

また、島内には日本最大の宇宙基地がある。

国立研究開発法人・宇宙航空研究開発機構（ＪＡＸＡ《ジャクサ》）の種子島宇宙センターだ。

所在地は鹿児島県熊毛《くまげ》郡南種子町茎永《くきなが》で、島の南東部にある。

宇宙センターの敷地面積は、八百六十万平方メートルだ。島の総面積の二パーセント弱に当たる。

宇宙センターの敷地内には、小型ロケットを打ち上げてきた竹崎《たけざき》射場、現在は〝ロケット打ち上げ体験館〟として使われている大崎《おおさき》指令管制棟、吉信《よしのぶ》射場、固体ロケット試験棟など多くの施設が建ち並んでいた。

宇宙センターの敷地外にも、ロケット追跡用のレーダーステーションなどが島内の各地にあり、ロケット打ち上げ時に使用されている。

種子島宇宙センターには、およそ八十人の宇宙開発事業団職員が常駐している。そのうちの約十人は、関連企業からの出向者だ。

科学技術庁がこの地区をロケット打ち上げ射場として決定したのは、一九六六年のことである。その年、竹崎射場の建設に着手した。

一九六九年に科学技術庁傘下《さんか》の宇宙開発事業団が設立され、本格的なロケット打ち上げ射場の建設を開始し、大崎射場を完成させた。すでに前年の九月には最初のＳＢロケットが打ち上げられていた。

最初の計画では、人工衛星打ち上げ用として実験的性格のＱロケットを開発することになっていたが、宇宙開発事業団は大転換を試《こころ》みた。それまでのＱロケットの開発を中止し、米国の技術を導入して、N－Iロケットの開発に総力を挙げたのである。

やがて、わが国初の大型ロケットが完成した。N－Iは一九七五年から八年間に七機打ち上げられ、三号機で日本初の静止衛星の打ち上げに成功した。

その後、能力向上を図《はか》るため改めて米国から技術を導入して開発したN－Ⅱロケットを経《へ》て、H－Iロケットが誕生した。一九八六年の初飛行に成功し、都合九機が宇宙に放たれた。一九八九年の夏に打ち上げられた気象衛星『ひまわり4号』は、マスコミに大きく取り上げられた。

H－Iロケットは、主に通信衛星や気象衛星の打ち上げに用いられた。

そして、技術者たちは十年の歳月をかけ、ついに国産大型ロケットを完成させた。H－Ⅱロケットだ。

一九九四年二月四日の朝七時二十分、純国産ロケットH－Ⅱ一号機が吉信射場から打ち上げられた。

このロケットには、液体酸素と液体水素を推進剤とする最高級エンジンが搭載《とうさい》され、二トン級の静止衛星はもちろん、低軌道なら十トンの人工衛星まで飛ばせる。そればかりか、金星や火星に二トンの惑星探査機を送り込むことも可能になったのだ。

同じ年の夏にH－Ⅱ二号機が技術試験衛星Ⅳ型を打ち上げ、一九九五年には三号機が宇宙実験・観測衛星と静止気象衛星を同時に宇宙に放った。その後、四号機が技術衛星を打ち上げた。近々、偵察衛星を打ち上げる予定になっている。

メガフロートの速度が落ちた。

武装した男たちが素早くゴムボートを海に落とした。

男たちは四つのグループに分かれ、種子島の東南端に接近していった。そのあたりに灯火が固まっている。まるで宇宙センターを取り囲むような散り方だった。高い射点の建造物が目立つ。

タグボートがメガフロートを回り込み、島側に寄った。舳先《へさき》を変え、ふたたび超大型浮体構造物を押しはじめた。

メガフロートは沖に戻される恰好《かっこう》になった。

午後九時四十五分

相手が目を逸《そ》らした。

「もう一度、うかがいます。あなたは告発の模様を見たわけですよね？」

郷原は制作局長の稲田に問いかけた。

稲田が曖昧《あいまい》にうなずいた。東都テレビの二階にある会議室だ。

郷原はテーブルを挟んで制作局長と向かい合っていた。彼の両隣には、二人の部下が腰かけている。

「第八スタジオに立て籠ってる四人組は、どんな告発をしたんです?」

「本橋首相について、あれこれ中傷しただけですよ。どの話も確証があるわけではありません。それに、よく声が聴《き》き取れなかったんです。彼らは、フェイスキャップを被ってますからね」

「わかりました。では、犯人グループの人相や着衣をできるだけ詳しく教えてください」

「画面に映ってたのは、三人だけでした。三人とも黒い服を着てましたね。ほら、アメリカのSWAT隊員なんかが着てる制服のようなやつです」

「バトルスーツでしょう」

「そう呼ぶんですか。三人の男は、さっきも言いましたが黒いフェイスキャップを被ってました。それから、それぞれ拳銃を持ってましたね」

「その三人がTVカメラの前に立って、首相の悪事を暴いたんですね?」

「そうです」

稲田がうなずいた。

「もうひとりの男の姿は、まったく映ってなかったんでしょう?」

「ええ」

「カメラの前に立った三人は、どこの誰とは名乗らなかったんですか？」

「誰も名前は言いませんでしたが、『日本世直し同盟』のメンバーだと語ってました。どうせ架空の組織でしょう」

「名称からすると、そんな感じですね」

郷原はそう言い、かたわらの五十嵐を見た。

「まったく聞き覚えのない組織ですね」

「そうか。轟は、どうだ？」

「知りません」

轟が首を振った。

「三人の男は、あなたの目にはどう映りました？」

郷原は制作局長に訊いた。

「目と鼻しか見えませんでしたから、確かなことは言えませんが、ごく普通の人間のようでしたね。少なくとも、やくざや犯罪を重ねてきた人間ではないでしょう。堅気《かたぎ》でしょうね。三人とも興奮しきってて、どこかおどおどしてたんです。犯罪者特有のふてぶてしさは、ほとんど感じられませんでした」

「そうですか。スタジオ関係の図面は用意してもらえました？」

「はい」

稲田が数枚の図面を卓上に拡《ひろ》げた。

郷原たち三人は身を乗り出した。建築設計図の写しには、第八スタジオのコンクリート支柱の太さや壁の厚さが記《しる》してあった。出入口は一カ所で、二間幅《にけんはば》（約三・六メートル）のスチールドアが設置されている。

空調関係の図面には、空調装置の設置場所とエアダクトや配管孔の配置場所が出ていた。電気系統の図面は、役に立ちそうもなかった。

「エアダクトの中に潜《もぐ》り込んで、通風孔から第八スタジオの様子を見るほかなさそうですね」

轟が呟いた。一拍置いて、稲田が口を開いた。

「局のエアダクトは、這《は》えば人間ひとりが入れる太さがあります。第八スタジオの通風孔は、奥の壁側の高い場所にあるはずですよ。それから、配管孔もあったと思います」

「ええ、図面に出てますね」

轟が言葉を切り、郷原に眼差《まなざ》しを向けてきた。

「エアダクトには、わたしが潜り込みましょう。五十嵐先輩じゃ、途中で身動きが取れなくなるかもしれませんからね」

「そうだな。おまえに、やってもらおう」

「了解！」

「班長《キャップ》、わたしは局内に不審な人物がいないかチェックしてきます。もちろん、不審物の有無《うむ》も検《しら》べます。それから、逃走ルートがあるかどうかもね」

五十嵐が言った。

「頼んだぞ。おれは第八スタジオの壁やスチールドアに盗聴マイクを使って、中の様子を探《さぐ》ってみる。いつものように、こいつで連絡を取り合おう」

郷原は二人の部下に言って、左手首のダイバーズ・ウオッチを指さした。

単なる腕時計ではない。特殊無線機の発信器が仕込んである。竜頭《りゆうず》がトークボタンになっていた。ボタンを押すと、時計に内蔵されている高性能マイクが作動する造りになっていた。

五十嵐と轟が耳栓《みみせん》型の受信器を片方の耳に突っ込み、会議室を出ていった。

受信器は肌色で、ほとんど目立たない。交信は囁《ささや》き声で充分に交《か》わせる。

「危険ですから、第八スタジオには局の方やタレントを近づかせないでください。どんなことが起こるかわかりませんので」

「局員や関係者には、もうそう言ってあります」

「助かります。それから、今後は妙な細工をしないようにしてほしいんです。犯人グループを怒らせたら、人質の救出が困難になりますからね」

「ええ、わかってます」

「あなたは、ご自分の席で待機しててください」

郷原は会議室を出た。

少し離れた場所に、階段があった。三階に駆け上がり、第八スタジオに急ぐ。

スタジオの前には、人影は見当たらなかった。

郷原は抜き足でスチールドアに近寄り、吸盤型の盗聴マイクを押し当てた。

受信器はＳＷＡＴヴェストのポケットに入っていた。郷原はイヤホンだけをポケットから抓《つま》み出し、右耳に嵌《は》めた。左耳には、特殊無線機の耳栓型レシーバーを突っ込む。

少し経ってから、いきなり男の怒声が郷原の右耳を撲《う》った。

「やってくれるじゃないか」

「な、何のことです？」

「告発の生放送のことだ。いま外の仲間に連絡して確かめたら、予定の番組が放映されただけだと言ってたぜ。なめられたもんだ」

「そんなはずは……」

「岩城だったよな。きさま、命が惜《お》しくないようだな」

犯人グループのひとりが言い、何かを振り回す音がした。

骨の鳴る音が聞こえ、男の呻き声も響いた。すぐに人間の倒れる音も伝わってきた。どうやらチーフディレクターが、短機関銃の銃身で顎を撲《う》たれたらしい。

「乱暴はやめて！」

若い女の声が郷原の耳に届いた。スーパーアイドルの氷室香奈恵だろうか。

「おまえは黙ってろ」

「でも、イーグルさん……」

「おれのコードネームを気やすく呼ぶな」

「ご、ごめんさない。だけど、わたし、あなたの名前も知らないし……」

「まあ、いいさ」

イーグルと呼ばれた男は、大声で仲間のひとりに声をかけた。

「ラビット！　スーパーアイドルを見張ってな」

「わかったよ」

ラビットらしい男の足音が聞こえた。

そのすぐ後、イーグルが誰かを蹴る気配が伝わってきた。すぐに獣《けもの》じみた男の唸り声が聞こえた。

「心配するな、殺しはしない。チーフディレクターが死んだら、生放送がスムーズにできなくなるからな」

「も、もう一度、首相の不正を告発する気なのか⁉」

「ああ。今度は、ちゃんと告発の映像を茶の間のテレビに流せよ」

「………」

「急に言葉を忘れちまったのか。立って、カメラマンをスタンバらせるんだっ」

イーグルが声を張った。

岩城がのろのろと身を起こす気配が伝わってきた。スタジオ内のざわめきが聞こえるが、会話は途切《とぎ》れてしまった。

郷原はダイバーズ・ウオッチの竜頭を押し、小声で呼びかけた。

「轟、応答しろ」

「はい」

「第八スタジオの通風孔まで進めそうか？」

「通風孔まで、あと数メートルです」

「スタジオ内の様子を伝えてくれ」

「ええ、すぐに」

轟の声が沈黙した。待つほどもなく、報告があった。

「リーダー格の男は、サブマシンガンを持ってます。後の三人は自動拳銃を握ってますね」

「高い場所から金網越しにスタジオを覗くわけだから、見通しはあまりよくないんだな？」

「そうですね」

「犯人たちは、コードネームを使ってるようだな？」

「ええ、リーダーはイーグル、後の三人はそれぞれラビット、ベア、ドッグのようですね」

「人質の様子はどうだ？」

「氷室香奈恵以外の女性歌手は、床に横に並んで坐ってます。香奈恵は離れたところで、小柄な男にハンドガンを突きつけられてます。局のスタッフ八人は、立って何か打ち合わせをしているようです。どうやら、犯人グループは局の細工を見抜いて、また生放送をやらせる気のようですね」

「そいつは間違いない。リーダーのイーグルとチーフディレクターの遣り取りをさっき確認したんだ」

郷原は言った。

「ところで、通風孔のネットは簡単に破れそうか？」

「ええ、多分」

「そこから犯人たちを狙撃することはできそうかな？」

「角度的には難しいですが、班長《キャップ》なら何とか可能だと思います」

「そうか。最悪の場合、強行突入のときに掩護《えんご》射撃はできるわけだな。轟、いったん戻って、超小型スコープつきカメラで中の様子をモニターできるようにしてくれないか」

「わかりました。交信を打ち切ります」

轟の声が途切れた。それから間もなく、左耳に五十嵐の囁き声が届いた。

「局内に特に不審なところはありませんでした」

「逃走ルートのほうはどうだ？」

「めぼしいところはありません。四人組は目的を果たしたら、おとなしく手錠《ワッパ》を打たれる気なんでしょうか」

「そんな連中じゃないだろう。チーフプロデューサーを虫けらのように殺《や》ったんだ。きっと逃走ルートを確保してるにちがいない。五十嵐、もう一度、丹念にチェックしてみてくれ」

郷原は交信を切ると、ふたたびスタジオ内の動きを探りはじめた。

午後十時十三分

特殊カッターを滑らせる。

通風孔の金網に裂《さ》け目が入った。ほとんど音は立たなかった。

轟は、ひとまず安堵《あんど》した。

特殊カッターで金網を十字に裂き、手で裂け目を押し拡げた。超小型スコープの先端を裂け目に突っ込む。マイクロ・スコープカメラは、胃カメラよりも小さい。眼下の犯人たちに覚《さと》られることはないだろう。

マイクロ・スコープカメラの細いコードはエアダクトの底を這い、四階の廊下にあるモニターに繋がっている。

カメラのファインダーを覗くと、犯人グループや人質の顔が目の前に迫って見えた。

轟は最初にイーグルにスコープを向けた。イーグルはイタリア製の短機関銃をチーフディレクターの岩城に向け、何か指示を与えていた。

轟は稲田局長から、人質に取られている局員たちの顔かたちや服装を教えてもらっていたのである。

岩城の口許は、血で赤かった。

切れた唇は鱈子《たらこ》のように腫《は》れている。ボストン型の眼鏡のレンズの片方には、小さな亀裂が入っていた。

イーグルは、少しも冷静さを失っていない。

これまでに数多くの犯罪を重ねてきたのだろう。短機関銃の扱いにも馴れていた。

轟は、次にラビットと呼ばれている男にスコープを向けた。

ラビットは、香奈恵の脇腹に自動拳銃の銃口《ハンドガン》を突きつけていた。引き金に指を絡《から》めているが、スライドは引かれていない。拳銃をあまり扱ったことはなさそうだ。

轟は、そう直感した。

ラビットは目つきも荒《すさ》んだ印象を与えない。素振《そぶ》りにも、落ち着きがなかった。堅気なのだろう。

轟はラビットから、人質たちの前に立っている男にスコープを向けた。

その男は、仲間にドッグと呼ばれていた。フェイスキャップから、垂れ目が覗いている。身ごなしは若々しかった。

次に轟は、グロック26を手にしている肩幅の広い男にスコープを向ける。ベアと呼ばれている男だ。

ベアはTVカメラマンたちの背後に立ち、視線をあちこちに向けている。犯罪者のふてぶてしさは感じられない。

突然、人質のひとりが立ち上がった。女性ポップスシンガーの浦上早希《うらがみさき》だった。早希は二十一、二歳で、甘いラブソングを主に歌っていた。若い世代には、かなり人気がある。

「立つな、立つなよ」

ドッグが焦《あせ》った声で言い、ヘッケラー＆コッホＰ７の銃把《グリップ》を両手で握った。

「お手洗いに行かせてください」

「駄目だ」

「もう我慢できないんです。お願いですから、トイレに行かせて。わたし、逃げたりしません」

「おしっこか？」

「はい」

早希がうつむいた。

「それじゃ、ホリゾントの向こうで……」

「ここじゃ、いやです」

「隅っこのほうなら、音は誰にも聞こえないよ」

「できません、わたし」

「困ったな」

ドッグは頭に手をやった。

そのとき、ロックシンガーの吉岡《よしおか》マリが立ち上がった。

「わたしもトイレに行かせて」

「このスタジオから出すわけにはいかない。二人とも、ホリゾントの裏側で用を足《た》してくれ」

「え？」

「恐《こわ》いわ」

「だって、ホリゾントの向こう側には国政プロデューサーの死体が……」

「ああ、そうだったな」

「トイレまで見張りがついてきてもいいから、早希ちゃんとわたしをいったんスタジオから出して！」

「それはできない」

「あなたたちは鬼だわ。鬼よ」

「まいったな」

ドッグがぼやいて、困惑顔をイーグルに向ける。

イーグルは、すぐにドッグの視線に気づいた。

「何やってんだ？」

「この二人がトイレに行かせてほしいって言うんですよ」

「自然現象には克《か》てねえよな」

「いいんですか、トイレに行かせても」

ドッグが問いかけた。

イーグルは返事をしなかった。大股《おおまた》で七人の歌手のいる所に近づいた。

「スタジオから二人を出すのは、まずいでしょ？　だから、ホリゾントの向こう側で用を足せって言ったんですよ」

ドッグが弁解口調で言った。イーグルは曖昧《あいまい》にうなずき、二人の女性歌手を等分に見た。

「人間の排泄《はいせつ》は自然なことだ。二人とも、スタジオの真ん中で小便しろ」

「そ、そんな！」

早希が首を烈《はげ》しく横に振った。

「漏《も》れそうなんだろ？」

「え、ええ」

「だったら、何も我慢することはないさ」

「でも、みんなの前でなんて、そんな……」

「世話を焼かせやがる」

イーグルが早希の肩口を片手で摑み、いきなり膝頭《ひざがしら》で早希の下腹部を蹴った。それも一度ではなく、二度だった。

早希が呻いて、その場に頽《くずお》れた。

次の瞬間、彼女は奇声を発した。ほとんど同時に、ミニスカートの前が濡れはじめた。人質の歌手たちが左右に散った。早希は両手で顔面を覆《おお》った。

いったん迸《ほとばし》ったものは止まらなかった。スカートまで、たちまち汚れた。

「気取ったラブバラードを歌ってても、これじゃな」

イーグルが、せせら笑った。

早希は身を揉んで泣きはじめた。恥ずかしさと屈辱感に耐えられなくなったのだろう。

変態野郎め！

轟は危《あや》うく叫びそうになった。われ知らずに、拳《こぶし》を固めていた。

人質たちが一斉にイーグルに鋭い目を向けた。非難と蔑《さげす》みの入り混じった眼差しだった。

「おまえも漏れそうなんだろ」

イーグルが後ずさる吉岡マリの襟首《えりくび》を摑み、足払いをかけた。

マリが横倒しに転がった。ミニスカートの裾《すそ》が大きく捲《めく》れ、むっちりとした白い腿とパーリーホワイトのパンティーが露《あらわ》になった。

イーグルの鋭い目に、好色そうな光が生まれた。

マリが身を起こそうとした。イーグルは足でマリの胸を押さえ、短機関銃のストックの底を下腹に当てた。すぐにストックを強く押す。同じことを数回繰《く》り返すと、マリの股間《こかん》から湯気が立ち昇りはじめた。

彼女は子供のように泣きながら、放尿しつづけた。歌手仲間たちは一様《いちよう》にうなだれていた。

「女は尿道が短いからな」

イーグルがドッグに言った。

「ちょっとやりすぎなんじゃない？」

「おまえ、おれのやり方が気に入らないのかっ」

「別にそういうわけじゃないけど……」

ドッグは口ごもり、目を伏せた。

そのときだった。アシスタントディレクターの若い男が岩城の制止を振り切って、イーグルに突進した。

頭を下げていた。まるで傷ついた闘牛のような恰好だった。

イーグルはなんなくタックルを躱《かわ》すと、アシスタントディレクターの背に肘《ひじ》を浴びせた。若い男は前のめりに倒れた。イーグルは眉ひとつ動かさずに、ベレッタPM12Sの引き金を絞った。

半自動《セミオート》で、十発近い弾を撃ちまくった。アシスタントディレクターの頭は西瓜《すいか》のように砕けた。

ドッグは呆然《ぼうぜん》と突っ立っていた。

人質の歌手たちは嗚咽《おえつ》を放ちながら、逃げ惑《まど》った。床を這う者が多かった。

スーパーアイドルの氷室香奈恵は両手で耳を塞《ふさ》ぎ、後ろ向きになっていた。その肩は、わなわなと震えていた。イーグルは空になった弾倉を引き抜き、二十発入りのマガジンを短機関銃に収めた。

「イーグルさん、まずいよ」

ベアが大声で咎《とが》めた。ドッグとラビットが同調する。

「何がだ？」

「われわれの目的は、腐りきった超大物政治家を断罪することじゃないか」

「ああ、その通りだ」

「意味のない殺人は……」

「ちょっと待て。意味がないだと？」

イーグルの目つきが険しくなった。

「そうだよ。何も国政ってチーフプロデューサーを殺《や》らなくてもよかったし、そのADだって……」

「そいつは違うな。最初に国政を始末したから、電波ジャックできたんだ。もっとも局が妙な小細工をしやがったんで、結局、肝心《かんじん》の告発の生放送はやり直すことになったがな」

「………」

「それにADの若造にサブマシンガンを奪われたら、たちまち形勢逆転だ。二人を殺《や》ったことには意味があるさ」

「そうだろうか」

ベアが首を捻《ひね》った。

「おまえらは告発のことだけに集中しろ。今度は、必ず生放送させてやる」

「ああ」

「おまえとドッグで、こいつを片づけてくれ」

イーグルがそう言い、頭部のなくなった死体を靴の先で蹴った。

ベアとドッグが顔をしかめながら、血みどろの死体をホリゾントの裏側まで引きずっていく。

チーフディレクターの岩城は下唇をきつく嚙んで、じっと怒りに耐えている。カメラマンのひとりは涙ぐんでいた。

ついに二人目の犠牲者を出してしまった。

轟は焦躁感《しょうそう》を覚えながら、ダイバーズ・ウオッチのトークボタンを押した。

「ADがイーグルに射殺されました」

「ああ、聴いていた」

「班長《キャップ》、ここから催涙ガス弾を撃ち込んで強行突入しましょうよ」

「それも一案だが、まだ早い。慎重に状況を分析して、作戦を練《ね》ろう」

「しかし、イーグルはまた誰かを射殺するかもしれません。奴には、ためらいがありません。おそらくイーグルは、これまでに何人も人を殺してるんだと思います」

「轟、焦るな。人質を無事に救出することが、われわれの任務だ。危険な賭《か》けは慎《つつし》むべきだよ」

「そうですね」

「ビデオカメラの設置はうまくいったか?」

「ええ」

「それじゃ、いったんモニターのところに戻ってくれ」

「わかりました」

轟は肘《ひじ》と膝を使って、逆戻りしはじめた。

前を向いたままだった。一動作ごとに、ダクト内の埃《ほこり》が舞い上がった。

午後十時

笑い声が重なった。

本橋首相は上機嫌だった。

種子島宇宙センターの竹崎射場エリア内にある食堂棟の特別室だ。個室で、二十畳ほどの広さである。

同じテーブルには、文部科学大臣の中根光輝《なかねみつてる》、JAXAの的場滋《まとばしげる》理事、種子島宇宙センター所長の西村達夫《にしむらたつお》らがいた。報道関係者や警備の地元署員たちは、もう食堂棟内にはいなかった。

本橋は中根文科大臣とともに予定より二時間遅れの午後五時過ぎに宇宙センターの視察に訪れ、見学の後、案内役の的場理事らと会食を済ませたところだった。給仕の者は少し前に引き取って、いまは誰もいない。

隣のテーブルには、首相秘書、文科大臣秘書たちが坐っていた。壁を背にして、二人のSPが油断のない眼を光らせている。別の二人のSPは、食堂棟の外で警護に当たっている。

「何度も言うが、純国産ロケットH－Ⅱの誕生で、日本の宇宙開発も飛躍的な進歩を遂《と》げた。そして、偵察衛星を打ち上げるまでに成長した。あなた方の英知のおかげで、ここまでこれたんだ。国民を代表して、礼を言います」

本橋は芝居がかった声で言い、的場JAXA理事と西村センター所長に頭を下げた。

「総理、お顔をお上げください。お礼を申し上げなければならないのは、わたくしどものほうです。現政府のご理解があったからこそ、わたくしどもの夢が叶《かな》いつつあるのです」

六十五歳の的場理事が、六つも年下の首相に深々と頭を垂れた。

かたわらの西村所長が理事に倣《なら》った。

「来年の衛星打ち上げの予定は、どうなっているんでしたかな？」

中根文科大臣が、斜《なな》め前の的場理事に訊いた。

「来春一月に、偵察衛星を打ち上げます」

「ああ、そうだったね。その衛星は、どんなものだったか」

「中根大臣、少し不勉強なんじゃないかな」

本橋首相が笑顔で言った。しかし、その目は笑っていなかった。

中根がきまり悪そうに笑い、飲みさしのビールを呷《あお》った。文科大臣は、首相よりも十歳年上だった。内心は、面白くないにちがいない。

本橋は二世議員だった。二十代で政界入りしていることもあって、エリート意識が強い。

「本橋総理、もう少しビールはいかがです?」

西村センター所長が、気まずさを和《やわ》らげるような口調で言った。

「いや、もうやめておこう。明日は民自党の鹿児島県本部の会合に顔を出さなければならないんだ」

「そうでしたか」

「偵察衛星打ち上げの成功を祈る。頑張《がんば》ってくれないか」

「ご期待に添えるようベストを尽くします」

「頼むよ」

「総理、そろそろ鹿児島市内のホテルに向かいませんと。迎えの車の運転手、各所をガードしている地元署員、それから種子島空港で待機中のヘリのパイロットたちが気を揉んでいます。すでに出発予定の十時を過ぎています」

首相の公設第一秘書の角邦憲《すみくにのり》が腰を浮かせ、本橋を促した。

「そうだね。楽しくて、つい時間を忘れてしまったよ」

本橋はそう言いながら、椅子《いす》から立ち上がった。

中根文科大臣、的場理事、西村センター所長の三人が、ほぼ同時に腰を上げた。

その直後だった。特別室に向かってくる乱れた足音が聞こえた。

二人のＳＰが敏捷に走り、本橋首相と中根文科大臣に寄り添った。どちらも、ホルスターから自動拳銃を引き抜いていた。グロック32だ。

「どうしたんだね？」

本橋が横に立った大柄のＳＰに声をかけた。

ＳＰは無線機を使って、外にいる同僚に呼びかけた。しかし、応答はなかった。

中根文科大臣の警護についたＳＰも自分の携帯無線を使った。だが、結果は同じだった。

「総理、身を伏せてください」

ＳＰのひとりが本橋に言った。本橋が身を伏せかけたとき、特別室に不審な三人組が入ってきた。

三人組は、二人のＳＰを楯《たて》にしていた。男たちは黒のバトルスーツに身を固めている。顔は、黒いフェイスキャップで隠されていた。

ＳＰたちの後ろにいる二人は、白人だった。目の色と鼻の高さで、すぐに白人であることはわかった。

左側の男は、肩にドイツ製の短機関銃を吊《つ》るしている。ヘッケラー＆コッホＭＰ５Ａだ。右側の白人は、ベレッタＰＭ12Ｓを手にしていた。

もうひとりはアジア系らしい。ベレッタM92Fを握っていた。

「武器を捨てろ」

本橋の前に立ったSPが英語で命じた。三人組のうちのアジア系らしい男が薄く笑って、日本語で言った。

「それは、こっちの台詞《せりふ》だ。弾避《たまよ》けの同僚を若死にさせたくなかったら、おとなしく拳銃をテーブルの上に置くんだな」

「日本人なのか……」

「時間稼ぎはさせないぞ」

「わかった」

首相のそばのSPが素直に命令に従った。

もうひとりのSPも拳銃を卓上に置く。日本人のテロリストは二挺《ちょう》の拳銃を摑み上げ、二人のSPから携帯無線も奪った。それから三人組は、四人のSPを床に這《は》いつくばらせた。

「き、きみらは何者なんだっ」

本橋が声を張った。

「おれは『日本世直し同盟』のメンバーだ。後ろの二人は、おれの仲間だよ」

「目的は何なんだ？」

「あんたの悪事が赦《ゆる》せないんだよ」

日本人テロリストが言った。

「私の悪事だと⁉　何を言ってるんだっ。わたしは、他人に後ろ指をさされるようなことは何もしてないぞ」

「よくも白々《しらじら》しいことが言えるな。あんたは、厚生労働大臣時代に官僚や製薬業界と癒着《ゆちゃく》して、多額の闇《やみ》献金を吸い上げたはずだ。いや、いまも黒い関係はつづいてる」

「根も葉もないことを言うな」

「あんたの悪事の証拠は、すべて握ってる」

「でたらめを言うな。そんな証拠がどこにあるって言うんだっ」

本橋が気色《けしき》ばんだ。

「あんたの悪さは、おれの仲間がテレビで暴くことになってる」

「テレビ？　きみの仲間は、テレビ局を占拠したのか⁉」

「そういうことだ。東都テレビの電波を借りて、汚れきった総理大臣を断罪する段取りになってるのさ」

「そんな話、誰が信じるっ」

「いずれ東都テレビのネット局、南九州テレビでも告発の画像が放映される。それを見て、あんたはどんな顔をするかね。いまから楽しみだ」

「きみらは、まともじゃない。クレージーだっ」

「お言葉だが、おれたちは狂っちゃいない。日本を堕落させた政治家、財界人、高級官吏、言論人どもに本気で天誅《てんちゅう》を下《くだ》したいんだ。まず、あんたを潰す」

「わたしは、この国の首相だぞ。わけのわからないテロリスト集団に潰《つぶ》せるわけがないっ」

「吼《ほ》えたいだけ吼ざけ！」

「くそっ」

「こうして面《つら》を合わせたのも、何かの縁だろう。本名を教えるわけにはいかないが、暗号名は教えてやる。おれはシャークだ」

日本人テロリストが言った。

本橋は鼻先で笑った。シャークと名乗った男が、本橋首相の公設第一秘書の角に顔を向けた。

「今夜泊まる予定になってるホテル、それから明日の会合はすべてキャンセルしてもらう」

「そんなことをしたら、警備に当たってる地元警察が怪しむ」

「鹿児島県警の警備の者たちもすでに押さえた。県警本部には彼らから、首相の予定が変更になったことを連絡させる。警視庁には床に這ってるＳＰどもに、後でちゃんと連絡させるよ」

「そうだとしても、総理大臣が予定外の行動をとったら……」

「その点も問題はない。政府要人たちには、これから連絡する」

「なんて奴なんだ」

角が歯嚙みした。

シャークが冷笑し、中根文科大臣、的場理事、西村センター所長に告げた。

「あんたら三人も、ここから出られないぜ」

「わしは忙しいんだ。明日の午前中には東京に戻らんとな」

中根文科大臣が言った。

「運が悪かったと、諦《あきら》めてくれ」

「そんな……」

「的場理事も、浜松町《はままつちょう》の世界貿易センタービルにあるオフィスには戻れない。こちらで、アクシデントがあったと電話するんだな」

「なぜ、あんたはわたしの名前を知ってるんだ⁉」

「調べたのさ。種子島宇宙センターに関することはすべてな。宇宙センターを制圧して、本橋をここで押さえるためには当然だろう」

「制圧⁉」

「ああ。おれの仲間たちが宇宙センターを占拠し、職員を全員、人質に取った」

「なんだって⁉」

西村センター所長の声が裏返った。今夜は総理大臣の視察のため、およそ八十人の職員のほぼ全員が居残っている。その全員が彼らに拘束されたというのか。

「といっても、抵抗しなければ、あんた方をどうこうする気はない。本橋を社会的に潰すまでの保険だよ。後で、職員たちに妙な気を起こさないよう言い含めてくれ」

「職員のおよそ三十人は、南種子町の自宅から通勤してるんですよ。帰宅しなかったら、家族が不審に思うでしょ？」

「そういう職員には自宅に電話をさせ、センター内でちょっとした事故が発生したとでも言ってもらうんだな」

「…………」

「そんなに深刻そうな面をするな。協力さえしてくれたら、誰にも危害は加えない。もちろん、このセンターの施設を壊《こわ》したりもしないさ」

「約束してくれますね」

「ああ。全員、椅子に坐れ。これからはこちらの指示通りに動いてもらう」

シャークがそう言い、ベレッタM92Fを左右に動かした。

本橋首相が真っ先に椅子に坐り、長く息を吐いた。それを合図に、ほかの人質たちが次々に腰かけた。

午後十時十九分

平河町《ひらかわちょう》にある民自党本部の幹事長室の固定電話が鳴った。

公設第一秘書が受話器を取ると、馴染《なじ》み深い首相の声が流れてきた。

「わたしだ。そこに、椎名《しいな》幹事長はおられるな?」

「いらっしゃいます。ただいま替わります」

秘書は保留ボタンを押し、椎名を呼んだ。

椎名雄大《ゆうだい》幹事長は応接ソファで、赤座哲平《あかぎてっぺい》法務大臣と将棋を指していた。

椎名は立ち上がり、執務机に近寄って受話器を摑み上げた。

「総理、お待たせいたしました」

「緊急事態だ。宇宙センターが制圧され、われわれはセンター内のある場所に閉じ込められてる」

「なんですって!」

椎名は驚愕《きょうがく》の声をあげた。

「犯人は? 犯人の目的は何なんです?」

「犯人たちは『日本世直し同盟』と名乗ってる。武装していて、われわれだけでなく、宇宙センターの職員全員も人質に取ったと言った。さらに東京で、彼らの仲間が東都テレビのスタジオを占拠して、電波ジャックをしたいらしい」

「どういうことなんです？」

「犯人グループは、わたしを告発したいと言ってる」

「告発⁉」

「そうだ。厚労相時代のことで、何か決定的な証拠を握っていると言ってる。告発の生放送が終わったら、人質はすべて解放するとも……」

本橋がそこまで言い、受話器を手で塞《ふさ》いだ。すぐに男の濁《にご》った声が響いてきた。

「よく聞け。もし警察を動かしたら、本橋たちを即座に殺すぞ。わかったな」

「きみらの目的は、電波ジャックだけなのか？」

椎名は早口で訊いた。

「そうだ。もう一度、言う。警察や自衛隊が動いたら、本橋たち八人を含め、センターの全職員をすぐさま射殺する。それから、東都テレビにいる仲間が押さえた人質も皆殺しだ」

「話し合いの余地はないのかね？」

「ないな」

男が電話を切った。

椎名幹事長は受話器を置いた。

電話のただならぬ内容に、赤座法務大臣が緊張した顔を向けている。椎名は赤座に電話の内容を話した。

すると、赤座が苦しげな表情で言った。

「告発の生放送などさせたら、大変なことになる。内容によっては大疑獄に発展し、政権の存亡に繋がりかねない」

椎名は背筋に冷たいものを感じていた。

「確かに、そうだな。とりあえず東都テレビに生放送をさせないよう頼もう。そして、とにかく時間を稼ぐことだ」

「その意見には賛成だよ。それで直ちに警察庁長官に指示して、警視庁の極秘戦闘班か『SAT』を極秘に動かしてもらおう」

「いや、それはまずい。犯人グループにそれがわかったら、総理や人質たちがどうなるか……」

椎名は異論を唱《とな》えた。

「しかし、このまま手を拱《こまね》いていたら、法治国家の名が泣くことになる」

「だからといって、犯人側を怒らせるわけにはいかない」

「どうすればいいんだ⁉」

「われわれ二人の手には負《お》えない大問題だ。官房長官に連絡して、閣僚たちに首相官邸に集まってもらおう」

椎名は言った。

赤座が大きくうなずいた。

第二章　淫《みだ》らな拷問

午後十時三十八分

　空気が重い。

　誰も口を利《き》かなかった。東都テレビの二階にある主調整室だ。

　稲田制作局長はレシーバーを当てていた。さきほどから、第八スタジオにいる岩城ディレクターと送信マイクを通じて小声で言葉を交《か》わしていた。

「岩城君、もう少し時間を稼《かせ》げんのか」

「これ以上は無理です。いろいろ口実をつけて、オンエアを引き延ばしてきたんですが……」

「何とか午前二時の『深夜ロードショー』まで時間を稼げないのかね?」

「無理です、絶対に。お客さんは、かなり苛《いら》立《だ》ってるんです。時間稼ぎをしてることがわかったら、わたしたち十五人はどうなるかわかりません」

「うむ」

「局長！　国政さんのほかにも、ＡＤの小坂井《こさかい》君が殺《や》られてるんですよ」

岩城が苛立ちを表した。

「わかってる、わかってるよ。わたしだって、これ以上の犠牲者は出したくないさ。しかしね、あんな一方的な生放送を流したら、大変なことになる。おそらく、東都テレビは存亡の危機に晒《さら》されるだろう。丸山《まるやま》専務も、なんとかテロリストたちが逮捕されるまで時間稼ぎをしてほしいとおっしゃってるんだ」

「もう限界です。これ以上、引き延ばしをしたら、氷室香奈恵たち人質はひとりずつ殺されることになるでしょう」

「最悪の場合は、そうなるかもしれん。しかし、きみら番組スタッフは殺されるようなことはないだろう。きみらがいなくなったら、生放送はできなくなるからな」

「何を言ってるんですっ。局長は、彼女たちがどうなってもいいと……」

「やむを得んじゃないか。犯人たちの言いなりになったら、わが社は潰《つぶ》れてしまうかもしれないんだ」

「だからといって……」

「歌手やタレントのスペアは、いくらでもいる」

「冷たい方だな、局長は」

「岩城、少し前に妙な脅迫電話があったんだよ」

稲田は矛先《ほこさき》を躱《かわ》す気持ちで言った。

「どんな脅迫だったんです?」

「うちの局に恨《うら》みがあるという男が、七スタに爆発物を仕掛けたと言ってきたんだよ。おそらく、いたずらだろう。しかし、念のために用心してくれ」

「局長、また妙な小細工を考えているんじゃないでしょうね?」

岩城が言った。

稲田は努《つと》めて冷静に答えたが、内心は穏《おだ》やかではなかった。第七スタジオにわざと爆発音を轟かせ、犯人たちに動揺を与えるプランを練《ね》っていたからだ。

急に岩城が黙り込んだ。犯人グループの誰かが近づいてきたのだろう。

稲田は息を詰めた。すぐにイーグルの怒声が響いてきた。

「おい、いつまで待たせる気だっ」

「すみません。まだ主調整室のコンピューターのロック装置が解除できないんですよ。電波ジャック防止装置を解かないと、予《あらかじ》めプログラミングしてある番組の生放送や録画が流れつづけるんです」

「最初のとき、なぜ、それを言わなかったんだっ」

「てっきり手動に切り換えられてると思ったんですよ」

「ふざけやがって。また、おかしな細工をしたら、今度は承知しないぞ！」

「わかってます」

「早くロック装置を解かせろ」

「は、はい」

岩城が短く応じた。イーグルの足音が遠ざかっていった。

「岩城君、必ず何とかするから、もう少し頑張《がんば》ってくれ」

「わかりました」

稲田は通話を終わらせると、部下たちに指示を与えた。六人の制作局員があたふたと主調整室を出ていった。

稲田は調整機器の上に並んだモニターを見上げた。

丸山専務は、生放送を遅らせろという政府からの要請があったと言った。いったいどうして、電波ジャッカーズにスタジオを占拠されたことが外部にわかったのか。

十台のモニターは、第一スタジオにいるニュースキャスターをアップで捉《とら》えていた。元大手新聞社の論説委員だった五十七歳の男だ。ロマンスグレイで、柔和《にゅうわ》な顔をしている。

それでいて、論評は鋭い。番組提供企業の中にはキャスターの交代を望んでいる向きもあるが、視聴率は悪くなかった。局の重役も稲田自身もキャスターを降板させる気はなかった。

ニュースショーは午後十一時半に終わる。

その後は、若手お笑いタレントに引き継《つ》がれる。一時間番組だった。午前零《れい》時半を過ぎると、視聴率はぐっと下がる。

それでも、番組は二十四時間、切れ目なくつづく。

数分経《た》つと、警視庁極秘戦闘班の郷原が主調整室に入ってきた。

「わたしの部下の五十嵐を見かけませんでしたか？」

「五十嵐さんとおっしゃると、がっしりした体型の方でしたね」

「そうです。局内をチェックしてるはずなんですが、だいぶ前から無線のコールに応答がないんですよ」

「局内は捜《さが》されたんですか？」

稲田は訊《き》いた。

「ええ、ひと通りは。ただ、室内には入りませんでしたがね」

「どうぞご遠慮なさらずに、各室も覗《のぞ》いてみてください」

「そうさせてもらえると、ありがたいな」

「郷原さん、実は苦肉《くにく》の策として、あることを考えたんですよ」

「どんなことなんです？」

郷原の男臭《くさ》い顔が引き締まった。一段と凄《すご》みが増した。

稲田は第七スタジオで偽装爆破をする気でいることを打ち明けた。ほとんど同時に、郷原は厳《いか》つい顔を曇らせた。

「何か問題がありますか？」

「そうした小細工が犯人グループに通用するとは思えませんね」

「そうでしょうか」

「リーダー格のイーグルは、ほかの三人とは明らかに異《こと》なります。銃器の扱いにも馴《な》れてるようですし、チーフプロデューサーとアシスタントディレクターを射殺しました」

「ええ、そうですね」

「そんな男が、失礼ながら、いま伺《うかが》った策に引っ掛かるとは思えないんですよ」

「確かに素人《しろうと》っぽい細工かもしれんが、少なくとも告発の生放送の開始時間を引き延ばすことはできるはずだ」

稲田は神経を逆撫《さかな》でされ、つい感情的な言い方をしてしまった。

「ええ、それはね。しかし、事が露見した場合、人質の安全はどうなると思います？」

「では、どうすればいいんですっ。何かあなたにいい考えでもあるんですか？」

「残念ながら、最善と思われる救出方法はまだ浮かびません」

「ずいぶん呑気《のんき》なことをおっしゃるんだな。あなた方は、極秘戦闘班なんでしょ！　もっとスピーディーに人質を救出してくださいよ」

「すでに二人も殺されてるんです。危険な作戦は選べません」

「そんな悠長《ゆうちょう》なことを言ってたら、東都テレビは奴らに今度こそ電波ジャックされてしまうかもしれないんだ」

「たとえ電波ジャックされたとしても、こちらの局に非があったわけじゃありません。番組スポンサーが降りるようなことはないでしょうし、視聴者だって、むしろ東都テレビさんに同情するでしょう」

郷原が言った。小憎《こにく》らしいほど冷静な口調だった。

「いや、電波ジャックは困る。断じて認めるわけにはいきません。うちの局の警備が甘いことを世間に晒すことになるし、連中はうちの番組スポンサーのイメージダウンになるような告発をしたんです」

「ほう、そうでしたか。つまり犯人たちは本橋首相の厚労大臣時代のことについて告発したんですね？」

「いや、それは……」

「それは、よしとしましょう。すでにマスコミでも報じられてることです。ただ、犯人グループの告発が事実と決まったわけじゃありません。ここは人質の安全が第一ですよ」

「それはそうなんだが、妙なことを口走られたら、企業のイメージは汚れてしまう。本橋首相にしたって、それは同じことだ。首相にも、間接的にはお世話になってるんです。本橋首相に後ろ指をさすような真似《まね》はできません」

稲田は、きっぱりと言った。

「そうした事情があることはわかりますが、人命は何よりも重いんじゃありませんか」

「そんなことはわかってますっ」

「わたしがあなたなら、重役たちを説得してでも、犯人たちの告発を生放送させますがね」

「きれいごとを言わないでくれ。あんたは他人事《ひとごと》だから、そんな偽善的なことが言えるんだ」

「偽善でしょうか？」

郷原が鋭い眼差《まなざ》しを向けてきた。稲田は気圧《けお》され、思わず視線を外《はず》した。

「質問に答えてください」

「偽善が言い過ぎなら、理想論と言い換えてもかまいません。おっしゃる通り、人命は尊く重いものです。しかし、東都テレビには二千人近い社員がいるんです。それに、下請けの番組制作会社も数多い。局の業績がおかしくなれば、そういう人間たちが苦境に追い込まれるんです。企業を護《まも》り抜きたいと思うのは、悪いことなんでしょうか」

「はっきり申し上げましょう。あなたのお考えは企業の論理だな。人間がいて、初めて組織が成《な》り立つことをお忘れなんじゃありませんか？」

郷原が抑《おさ》えた口調で言った。胸の奥には、憤《いきどお》りが沈んでいるのだろう。

「…………」

「とにかく、犯人たちを刺激することはやめていただきます。これは命令と思ってください」

「わかりましたっ」

稲田は憤然《ふんぜん》と言って、口を引き結んだ。

「失礼します」

郷原が一礼し、大股《おおまた》で主調整室を出ていった。

稲田は近くの回転椅子《いす》の脚部を蹴《け》った。靴の底から、痺《しび》れが伝わってきた。なんとも忌々《いまいま》しい気分だった。

午後十時四十一分

五十嵐は意識を取り戻した。

二階の資料室の床に倒れていた。

首筋が痛い。いきなり背後から、電気ショックを誘発する電極ワイヤー針撃ち込み式の高圧電流銃《スタンガン》〝テイザーガン〟で撃たれたようだ。その上、麻酔液の染《し》みた布を押し当てられたらしい。

この資料室に足を踏み入れたのは、四十分ほど前だった。

室内灯は点《つ》いていたが、誰もいなかった。資料室の真上には、第八スタジオがある。

五十嵐は天井を仔細《しさい》に観察した。上のスタジオに立て籠《こも》っている四人組が逃走のために、天井に抜け穴を穿《うが》っているかもしれないと考えたからだ。

丹念に天井を見ると、隅《すみ》の方にビニールクロスが浮いている箇所《かしょ》があった。五十嵐は近くにあった脚立《きゃたつ》を使って、ビニールクロスを剝《は》がしてみた。

すると、内装材にドリルの痕《あと》があった。穿たれた穴は、ちょうどダイナマイト一本分の太さだった。

五十嵐は、穴の中に指を突っ込んでみた。

しかし、何も詰められていなかった。犯人グループは目的を果たしたら、ダイナマイトで第八スタジオのコンクリート床に穴を開けるつもりなのではないのか。

建築設計図を見て、各階の床の厚さが数十センチしかないことは確認済みだ。その程度の厚みのコンクリート床なら、ダイナマイト一本でも穴を開けられるのではないか。

五十嵐はそう思い、室内をさらに入念にチェックしてみる気になった。

脚立から離れ、床に目を凝《こ》らしたときだった。不意に、背後で小さな発射音がした。数秒後、首の後ろに尖鋭《せんえい》な痛みと熱感を覚えた。その瞬間に意識を失ってしまったのだ。

何か奪われたかもしれない。

五十嵐は起き上がり、携帯品を一つずつ検《しら》べてみた。銃器も特殊無線機も無事だった。

〝テイザーガン〟を使った人間は、四人組の仲間だったのだろうか。

そうだったとしたら、なぜ危害を加えなかったのか。捜査員が局に入っていることを知り、急いで逃げ去ったのか。

そう考えても、よさそうだ。

それにしても、犯人たちの協力者は何者なのか。もしかすると、局員の誰かが四人組を手引きしたのかもしれない。

五十嵐はそう思いながら、床に目を落とした。

脚立のそばに、黄色っぽい粉が見えた。微量だった。

五十嵐はＳＷＡＴヴェストのポケットから、透明なビニールテープを抓《つま》み出した。

片膝をついて、ビニールテープの粘着面に粉を付着させる。

五十嵐は匂いを嗅《か》いだ。

かすかに匂った。塗料の乾いた粉のようだ。カットしたビニールテープを小さな保存袋に入れ、ヴェストのポケットに収めた。

そのとき、左耳に嵌《は》めた耳栓《みみせん》型レシーバーから郷原の声が響いてきた。

「五十嵐、応答せよ」

「はい」

五十嵐はダイバーズ・ウオッチのトークボタンを押し、すぐさま返事をした。

「無事だったか？」

「はい」

「何度もコールしたんだが、まるで応答がないんで心配したぞ」

「申し訳ありません。二階の資料室をチェックしているときに、〝テイザー〟を首の後ろに撃ち込まれた上に麻酔を嗅がされてしまったんです」

「なにっ」

郷原が驚きの声をあげた。五十嵐は経過をかいつまんで話した。

「そこにいてくれ。すぐに行く」

交信が切れた。

一分ほど過ぎると、郷原が資料室に駆け込んできた。五十嵐は真っ先に天井に穿たれた穴を見せた。

ついでに、自分の推測も語った。

「おまえが言ったように、犯人グループはダイナマイトで第八スタジオの床を爆破させる気だったのかもしれないいな」

「ええ」

「採取した黄色っぽい粉を見せてくれ」

郷原が促《うなが》した。

五十嵐はヴェストのポケットから保存袋を取り出し、極秘戦闘班の班長に手渡した。

「この粉が何なのか、さつきに検査してもらおう」

郷原が刑事用携帯電話《ポリスモード》を懐《ふところ》から取り出した。

市販の携帯電話やスマートフォンと違って、アマチュア無線家や盗聴マニアに傍受《ぼうじゅ》される心配はない。特殊盗聴防止装置付きだった。五人と同時に通話ができる。写真の送受信も可能だ。

郷原が自宅マンションに電話をかけた。

ほどなく電話は繋《つな》がった。

「すまないが、成分分析をしてもらいたいものがあるんだ。電子顕微鏡と高熱伝導計《ガスクロマトグラフィ》を使えば、わかると思うんだがな。悪いが、これから東都テレビに来てくれないか」

郷原が言って、電話を切った。

五十嵐が先に口を開いた。

「さつきさん、来てくれるんですね」

「ああ。こいつを受け取ったら、すぐ科警研の研究室に行ってくれるらしい」

「いいパートナーですね。うちの女房なんか、当直明けのときは電話に出ようとしませんからね。パートナー選びを誤ったかもしれません」

「仕方ないさ。看護師さんたちの深夜勤務は、ものすごくハードだっていうからな」

「それは、そうなんですがね。おっと、こんな話をしてる場合じゃないな」

「イーグルたちは、この階から逃げると見せかけて、隣の第七スタジオとの仕切り壁を爆破するつもりなのかもしれない。ちょっと検べてみよう」

郷原が先に資料室を出た。五十嵐は、すぐに後を追った。

二人は三階に駆け上がり、第七スタジオに走り入った。

無人だった。第八スタジオとの仕切り壁を細かくチェックしてみたが、ドリルを使ったような箇所はなかった。

「イーグルたちは、八スタの内側から仕切り壁を爆破する気なのかもしれないな」

郷原が言った。

「だとしたら、人質たちを弾避《たまよ》けにする気ですね」

「ああ、おそらくな」

「班長《キャップ》、麻生隊長に『SAT』の出動要請をしたほうがいいんじゃありませんか。連中が仕切り壁をぶち破ったら、われわれは八スタの鉄扉《てっぴ》をプラスチック爆弾で吹き飛ばして、一気に突入する。もちろん、エアダクトから、轟が……」

「そういう強行突入には、まだ踏み切れない。人質は二人や三人じゃないんだ。十五人もいるんだぞ」

「班長《キャップ》、待ってください。確か人質は十六人のはずでしたが……」

「そうか、おまえは知らなかったんだな。イーグルが小坂井というアシスタントディレクターを射殺したんだよ」

「ええっ。なぜ、アシスタントディレクターまで殺《や》ってしまったんです？」

五十嵐は訊いた。郷原が経緯《いきさつ》を語った。

「イーグルは性的異常者にちがいありません。浦上早希と吉岡マリをそんなふうに辱《はずかし》めるなんて」

「ああ、奴はまともじゃない」

「東都テレビは、告発の生放送を放映する気になったんでしょうか？」

「いや、その気はないらしい。稲田局長は、また小細工をしようと考えていたぐらいだからな」

「今度はどんな細工を？」

五十嵐は問いかけた。郷原が詳《くわ》しい話をした。

「そんな子供騙《だま》しのトリックは効果ありませんよ」

「おれもそう言って、やめさせたよ。それより念のため、八スタの真上のビデオ編集室をもう一度チェックしてみよう。その後で、轟と作戦を練り直そう」

「はい」

二人は第七スタジオを出て、四階に上がった。

ビデオ編集室の床を徹底的に検べてみたが、何も異状はなかった。

午後十時四十五分

会議室の空気は重かった。

首相官邸の一室である。本橋首相と中根文部科学大臣の二人を除き、全閣僚が顔を揃《そろ》えていた。椎名民自党幹事長の深刻な顔も見える。

東都テレビには、すでに犯人たちに生放送をさせないよう頼んであった。それが不可能な場合は極力、告発の開始時間を遅らせてほしいとも言ってある。

魚住孝防衛大臣が自衛隊員を出動させてでも首相一行をすぐさま救出すべきだと力説したが、ほかの者はすべて強硬手段を取ることには消極的だった。

彼らはジレンマに陥《おちい》っていた。

このような非常時には、国家公安委員会委員長である自治大臣が警察庁長官に指令し、警察力を総動員して早期解決を図《はか》るべきだろう。しかし、それをすれば警察の手によって〝総理の犯罪〟もまた白日《はくじつ》の下《もと》に暴《あば》かれる恐れがある。その結果、発足して間もない第二次本橋内閣は総辞職・解散に追い込まれるだろう。

また総選挙だ。しかも今度は国民とマスコミの囂々《ごうごう》たる非難の中での闘いになる。民自党の大惨敗は目に見えている。

せっかく大臣の座を射止《いと》めたのに、一転して落選という奈落の底に突き落とされることになるかもしれないと思うと、気が重かった。ひとり意気軒昂《いきけんこう》な魚住防衛大臣が疎《うと》ましかった。

「みなさんは腰抜けです」

魚住が軽蔑《けいべつ》口調で言った。防衛大臣は自他ともに認めるタカ派の長老だ。一拍置いて、官房長官の新保隼人《しんぼはやと》が口を開いた。

「魚住大臣、それは少々、言い過ぎなんじゃありませんか?」

「いや、そうは思わん。一国の総理大臣がテロリスト集団に自由を奪われたんだ。どんな手段を使ってでも、本橋総理たち人質を奪回すべきじゃないか。もちろん、東都テレビの人質もな」

「そうおっしゃるが、犯人側は警察や自衛隊が動いたら、人質を皆殺しにすると言ってるんです」

「そんなのは、脅《おど》しに決まっている」

「なぜ、そう言いきれるんです。外国では、テロリストグループが人質に取った大統領や首相を殺した例がいくらでもあるじゃありませんか」

「ここは日本だ。そんな事件が起きるはずがない」

「魚住先生のそういう断定癖は、いささか問題ですね」

新保が眉根《まゆね》を寄せた。

「いまはそんな話をしてる場合じゃないっ」

「何も、そう感情的な物言いをしなくてもいいでしょ！」

「わたしは冷静だよ。あんたのほうが、よっぽど感情的だろうが」

「まあ、まあ」

赤座法務大臣が二人を執《と》り成《な》した。魚住と新保は、子供のように顔を背《そむ》け合った。

「魚住先生の苛立ちもわかりますが、本橋総理一行を監禁した連中は、かなり手強《てごわ》いと思うんですよ。地元の警備陣も同行のＳ　Ｐ《セキュリティー・ポリス》たちにも防ぎようがなかったわけですから」

赤座が言った。

「日本のＳＰは、まだまだ駄目さ」

「魚住大臣……」

「その通りじゃないか」

「みなさん、何かいいお考えは？」

赤座は魚住を黙殺し、閣僚たちを眺め渡した。しかし、誰もが黙り込んだままだった。

午後十時二十七分

着信音が響いた。

本橋昇一郎事務所だ。公設第二秘書の山内真《やまうちまこと》は電話機に飛びついた。

「ああ、わたしだ」

首相の声だった。

「総理、視察は無事済みましたか？」

「実は、ちょっとしたアクシデントがあってね。予定を変更してセンターに留《とど》まってるんだ。しかし、心配はいらない。中根文科大臣、ＪＡＸＡの的場理事も一緒だ。それから、角《すみ》君やＳＰの諸君も一緒だよ」

「総理、いったい何があったんです？」

「宇宙センターの固体ロケット試験棟で、ちょっとした事故があったんだよ」

「そうだったんですか。しかし、小さな事故でしたら、中根文科大臣と的場理事をセンターに残して、総理は予定通りに鹿児島市内のホテルに入られても、よかったのではありませんか？」

山内は言った。

「いや、わたしも事故がどうなるか、この目で見届けたいんだ。万が一、偵察衛星が使い物にならなくなったら、国民の税金を無駄遣《づか》いしたことになるからな。その事故現場に居《い》合わせていて、それを見捨てて予定をこなしたと知れたら、非難の声があがるだろうからね。先々月の総選挙は何とか乗り切ったが、次は首相の座を誰かに奪われないとも限らない」

「総理なら、三期でも四期でも続投が可能だと思いますが……」

「それは少し楽観的な観測だろうな。民自党の一党支配の時代じゃないんだから、そうは問屋が卸《おろ》さないよ」

「そうでしょうか」

「明日の会合のキャンセルの手配は角君がきちんとやってくれたから、何も心配はいらない」

「総理、少しお声がいつもと違うようですが……」

「電話の調子のせいだろう」

本橋が言った。

「何も変わったことはないんですね？」

「ああ」

「総理、明日は帰京されるんでしょう？」

「そのつもりだが、まだはっきりとしたことはわからんな」

「わかりました」

「きみ、そろそろ家に戻って、久しぶりに奥さん孝行をしてやりたまえ。いつも仕事、仕事じゃ、奥方に浮気されちゃうよ」

「いつものジョークが出てきたんで、安心しました。てっきり総理の身に何か悪いことでも起きたんじゃないかと気を揉《も》んでいたんです」

「日本のSPは優秀だよ。わたしにテロリストが襲いかかってきても、身を挺《てい》して護り抜いてくれるさ」

「ええ、そうでしょう」

山内は相槌《あいづち》を打った。

それから間もなく、電話は切られた。山内は、そっと受話器を置いた。それを待っていたように、電話のベルが響きはじめた。

山内は、手早く受話器を取った。電話をかけてきたのは、中根大臣の事務所の者だった。番頭格の男である。

「同行させている秘書のスマホが繋がらないんですが、視察先で何かあったのでしょうか？」

「たったいま、本橋本人から電話がかかってきたところです」

山内はそう前置きして、首相の話を相手に伝えた。

「それじゃ、こちらにも中根から何か連絡があるでしょう」

「ええ、きっとね」

「どうもお騒がせしました」

電話の主は詫《わ》びて、先に通話を切り上げた。

山内も受話器を置いた。相手を安心させたものの、山内は何か禍々《まがまが》しい予感に捉えられていた。

すぐに妻の待つ自宅に帰る気分にはなれなかった。山内は電話機の近くにあるソファに腰かけ、セブンスターをくわえた。

午後十一時二十二分

寒かった。

吐く息は、たちまち白く固まる。いくらか風もあった。

郷原は東都テレビの第一駐車場で、セブンスターを喫《す》っていた。

目の前にそびえるテレビ局の窓は明るかった。スタジオ占拠のことを知っている局員は、ほとんどいないはずだ。

煙草《たばこ》の火を踏み消したとき、目の前に黒のスカイラインが停《と》まった。

郷原の車だった。運転席のパワーウインドーが下げられ、瀬尾さつきが顔を覗かせた。

「車、借りちゃった。タクシーを探す時間が惜《お》しかったの」

「好きなときに使ってくれ。これが、電話で話した粉だよ」

郷原は保存袋を渡した。

さつきが受け取り、助手席のクラッチバッグに入れる。ざっくりとした太編《あ》みのセーターが似合《にあ》っていた。下は、ツイード地のパンツだった。

「まだ救出に手間取りそうなの？」

「ああ、おそらくね。犯人グループは立て籠ったスタジオで、制作スタッフを二人も殺害したんだ」

「犯行目的は？」

「電波ジャックだよ」

郷原は、事件の流れを大雑把《おおざっぱ》に話した。

「局がおかしな細工をしたんで、犯人たちは怒ってるのね」

「そうなんだろう」

「氷室香奈恵たち人質の女の子は怯《おび》えてるでしょうね。力也さん、早く救《たす》け出してあげて」

「ああ、そのつもりだ。分析結果が出たら、ポリスモードのほうに電話をくれないか。マナーモードにしてあるから、いつでも大丈夫だよ」

「わかったわ。それじゃ、わたしは職場に……」

「スピード違反で捕まるなよ」

郷原は軽口をたたいて、半歩退《さ》がった。

さつきがカースペースまで後退し、巧《たく》みに車首を切り替えた。

ほどなくスカイラインは走り去った。

郷原は局の建物に足を向けた。五、六メートル歩くと、懐の奥でポリスモードが振動した。郷原は刑事用携帯電話《ポリスモード》を耳に当てた。

「わたしだ」

麻生隊長の声だった。

「その後、変化はあったかね？」

「いえ、二人目の犠牲者が出た後は、スタジオ内は落ち着いています。ただ、局員にどうやら内通者がいるようです」

郷原は、これまでの経緯を語った。

「では、瀬尾君に調べてもらってるんだね？」

「はい。その線から、犯人の身許《みもと》特定に繋がればいいのですが」

「そうだね。何か手掛かりが見つかれば、状況が打開できるかもしれない。特にリーダー格のイーグルは二人の局員をなんのためらいもなく殺害したらしいから、おそらく星の一つや二つはしょってるだろうしね」

麻生が言った。星というのは、前科を意味する警察用語だ。前科《マエ》という隠語も使われている。

「わたしも、そう思います」

「ただ、ラビット、ドッグ、ベアの三人は言動や物腰から、ごく普通の人間に思えるね？」

「ええ。多分、ラビットたち三人は素《す》っ堅気《かたぎ》でしょう」

「ということは、彼らは電波ジャックのため荒くれ者のイーグルに助《すけ》っ人《と》を頼んだんだろうか」

「わたしは、そう読んでます」

　郷原は言った。

「そう考えてもいいかもしれないな。それはそうと、公安部に調べてもらったんだが、やはり『日本世直し同盟』なんて組織はまったく捜査対象になってない」

「そうですか。ということは、犯人どもは仲間がたくさんいると見せかけたくて、もっともらしい組織名を使ったんでしょうか」

「そうにちがいないよ。それはそうと、警備部から少し気になる情報が入ったんだ」

　麻生が少し間《ま》を置き、言い継いだ。

「今夜、種子島宇宙センターに視察に出かけた本橋首相と中根文部科学大臣の警護に当たってる四人のＳＰが、アクシデントがあったとかで現地に留まることになったという連絡をしてきたんだよ」

「本橋首相たち視察団の一行は今夜は種子島泊まりになるってことですね？」

「そういうことなんだろう。本橋首相が宇宙開発に関心を持たれてることは知られてる」

「どんなアクシデントがあったのかわからないが、一国の総理が予定を変更してまで種子島に留《とど》まる気になるもんだろうか。どうもわたしには、その点が解《げ》せなくて……」

「東都テレビの第八スタジオに立て籠ってる四人組は、本橋首相の犯罪行為を電波を使って暴く気でいます。そのことを考えますと、なんだか気になりますね」

郷原は刑事用携帯電話《ポリスモード》を握り直した。

「確かに、ちょっとね」

「イーグルたちの仲間が、首相たち一行を拉致《らち》したとは考えられませんか？」

「わたしもそんなことをちらりと考えたんだが、総理と文科大臣には優秀なＳＰが四人も影のように寄り添ってるんだ。凄腕《すごうで》のスナイパーの狙撃は躱《かわ》せないかもしれないが、拉致や誘拐《ゆうかい》は完璧に阻止できるはずだよ」

「そうですね。いま本橋首相の警護を担当してる塙朗《はなわあきら》は柔道五段、剣道三段、空手四段で、射撃術も超《ウルトラ》上級です。誘拐犯は首相に近づくこともできないでしょう」

「だろうな。塙君ときみは、射撃術でいつも一位、二位を争ってたんじゃなかったか」

「もう昔の話ですよ」

「塙君は、きみよりも三つ四つ若かったね」

「ええ、そうですね」

「ええ、四つ下です。しかし、塙は射撃術では本庁で文句なしのナンバーワンでしょう」

「いや、ナンバーワンはきみさ。だから、極秘戦闘班の班長《キャップ》に選ばれたんだよ」

「いま現在は、彼が断トツでしょう。わたしと違って、塙は酒も煙草もまったく嗜《たしな》みませんからね」

「そうだったかな。いずれにしても、塙君たちのようなＳＰが四人もいれば、首相誘拐なんて不様《ぶざま》な失敗《ドジ》は踏まないだろう」

　麻生が言った。

「そうですね。まず杞憂《きゆう》でしょう。テロリストが特殊な訓練を積んだ犯罪のエキスパート集団と言うことになれば、話は別ですが」

「アメリカやヨーロッパには、要人の誘拐を請《う》け負《お》ってるプロが何人もいる。誰かが、プロの誘拐屋を雇《やと》ったのだとしたら……」

「それは少し考えすぎだと思います」

　郷原は控えめに笑った。しかし、胸の中には漠《ばく》とした不安が拡《ひろ》がりはじめていた。

　イーグルたちは、本橋首相の悪事を暴く目的で東都テレビの第八スタジオを占拠した。だが、それだけで電波を私物化できるという保証はない。

　しかし、仲間が首相の自由を奪ったら、電波ジャックはしやすくなる。告発の生放送を回避したい東都テレビといえども、一国の総理大臣を見殺しにはできないだろう。

イーグルたちはそこまで計算して、事件を起こしたのか。それとも、本橋たち一行が種子島に留《とど》まったのは、実際にセンター内で発生したアクシデントのためなのか。

「どんな種類の事故があったのか気になるね」

「そうですね。念のために、塙君に小型無線機で問い合わせてみてはどうでしょう?」

「そうだな。そうしてみよう。きみは人質の救出と犯人グループの逮捕に全力を尽《つ》くしてくれ」

麻生が電話を切った。郷原はポリスモードを所定の場所に戻すと、局の建物に駆け込んだ。

午後十一時二十九分

惨《みじ》めだった。

SPの塙朗は後ろ手に手錠を掛けられ、三人の同僚とともに食堂棟特別室の床に這《は》わせられていた。横一列だった。

四人とも、両足首を白い樹脂製の結束バンドできつく縛《しば》られていた。

タイラップという商品名で呼ばれている結束バンドだ。本来は、電線や工具を束《たば》ねるときに用《もち》いられる。針金以上に丈夫だった。

そんなことから、アメリカの警察官、保安官、犯罪者たちは結束バンドを手錠の代用にしている。

塙は何か悪い夢を見ているような気分だった。自分が不様な恰好《かっこう》で床に這っていることが信じられない。

塙は同僚の松居卓《まついすぐる》と食堂棟の外で、警護に当たっていた。ひとりが出入口を警備し、もうひとりが周囲を巡回するのだ。もちろん、基地内の要所要所には鹿児島県警の警備がついていた。

不審な影は見当たらなかった。

街頭と違って、狙撃に適する場所もない。そんな気の緩《ゆる》みがあったことは否定できない。

持ち場の交替で状況報告の交換をしているときだった。音もなく屋根の上から降ってきた敵に、いきなり塙と松居は頭に銃口を突きつけられた。

フェイスキャップを被《かぶ》った二人の白人は顔を見合わせ、にっと笑った。男たちの気配は、まったく感じられなかった。

反撃のチャンスもなかった。

暗がりから、もう一つの影が現われた。その男は、後にシャークと名乗った人物だ。

シャークは無言で顎《あご》をしゃくった。塙と松居は片腕を極《き》められたまま、食堂棟の中に押し込まれた。

特別室で、本橋首相と中根文科大臣に張りついていた同僚の登坂《とさか》と星沢《ほしざわ》も為《な》す術《すべ》なく、拳銃を下げた。首相の身の安全を最優先させたのだ。

こうして四人とも、屈辱的な姿勢をとらされたのである。

本橋首相、中根文科大臣、JAXAの的場理事、宇宙センターの西村所長、首相の第一秘書の角《すみ》、大臣秘書の後藤勇《ごとういさむ》の六人は、同じテーブルに向かわされていた。調理人や給仕の者は、別室に監禁されているようだ。

六人の前と後ろには、バトルスーツ姿の白人が立っている。片方は青い瞳で、もうひとりは緑色の目《グリーンアイズ》をしていた。

二人は少し癖《くせ》のある日本語を操《あやつ》るが、めったに喋《しゃべ》らない。どちらも銃器を構えていた。

リーダー格のシャークは、別のテーブルの椅子に腰かけている。卓上には、塙たち四人から奪った拳銃、特殊警棒、捕縄、小型無線機、刑事用携帯電話などが山をなしていた。

不意に、小型無線機の空電音が静寂《せいじゃく》を突き破った。

シャークが黙って小型無線機を掴《つか》み上げ、塙に近寄ってきた。屈《かが》み込んで無線機を塙の耳に押しつけ、低く凄む。

「余計なことを喋ったら、本橋の命はないぞ」

「わかってる」

塙は言った。スピーカーから、男の高い声が響いてきた。

「こちら、鹿児島県警本部です。視察のご一行は宇宙センターにご滞在になられるそうですね？」

「ええ。まだ事故が解決されないものですから」

「何かご協力いたしましょうか？」

「いまのところ、これ以上のお力をお借りしなければならないことはありません」

塙は答えた。

「念のため、明日のご一行の予定をお教えいただけますか？」

「予定はまだ立っていません。スケジュールが決まり次第《しだい》、ご連絡いたします」

「了解しました。参考までに、事故内容をご報告いただけますか？」

「現段階での報告は控えるよう申し渡されていますので、ご勘弁《かんべん》願います」

「その発令はどなたが……？」

「本橋総理です」

「了解！　失礼いたしました」

交信が途絶《とだ》えた。

「あんた、なかなかの役者だな。警察関係の問い合わせは、その調子で頼むぜ」

シャークが言った。

「われわれをいつまで這わせておくつもりなんだっ」

「そう興奮しないで、四人とも仮眠でもとれよ」

「余計なお世話だっ」

「元気のいいのは結構だが、おれを怒らせないほうがいいぜ。おれはお巡《まわ》りが嫌いなんだよ」

「悪さばかりしてるんで、われわれが煙たいようだな」

塙は毒づいた。

「間違えるな。お巡りが怕《こわ》いと言ったわけじゃない。嫌いなんだよ」

「なぜ?」

「さあな」

シャークは小型無線機を卓上に置き、どっかと椅子に腰かけた。

そのとき、中根大臣の秘書が恐る恐るシャークに話しかけた。

「うちの先生には、狭心症の持病があるんです。こんな状態が長くつづいたら、いまに発作《ほっさ》が起きると思うんですよ」

「だから？」

「中根先生を先に解放していただけないでしょうか。あなた方のことは、誰にも喋らないと思います」

「駄目だ」

シャークは、にべもなく言った。

すると、中根文科大臣がシャークを詰《なじ》った。

「おい！　きみはわたしの秘書が作り話をしてると思ってるんじゃないのかっ。嘘なんかじゃないぞ」

「うるせえぞ、老いぼれ！」

「老いぼれとは何だっ。わたしは、まだ六十九だぞ」

「いい年齢さ。そろそろ死ぬか？」

シャークが笑いながら、中根文科大臣に銃口を向けた。

塙は首をいっぱいに捻《ひね》った。中根の下脹《しもぶく》れの顔が歪《ゆが》んでいた。

シャークが黒いバトルスーツのポケットを探《さぐ》り、筒のような物を取り出した。消音装置だった。

「そ、そんな物は仕舞《しま》え。仕舞ってくれ」

「おれに命令するのはやめろ！　命令できるのは、このおれだけだ」

「わかったよ。取引しようじゃないか。あんたに、三千万やろう。秘書のアタッシェケースの中に小切手帳と実印が入ってるんだ」

「下種《げす》な野郎だ」

シャークが嘲笑《ちょうしょう》し、グリーンアイズの男に目配せした。男は大臣の斜《なな》め後ろに立っていた。

「何をする気なんだ⁉」

中根文科大臣が振り返った。緑色の瞳をした大男が、中根の後頭部をグローブのような手で強く押した。

テーブルに顔面をぶつけた中根大臣が、蛙《かえる》の鳴き声に似《に》た声を発した。白人の大男がコマンドナイフを握った。

次の瞬間、中根文科大臣はナイフで喉《のど》を真一文字に掻《か》っ切られていた。頸動脈《けいどうみゃく》から、血煙が走った。

中根の正面に坐っている本橋首相が、短い叫びをあげた。のっぺりとした白い顔は、真紅《しんく》の飛沫《ひまつ》を浴びていた。

中根文科大臣がテーブルに突っ伏した。少しの間、上体をひくつかせ、すぐに動かなくなった。的場理事と西村センター所長が掠《かす》れた叫びを発し、相前後して椅子から転げ落ちた。

中根文科大臣の秘書の後藤は茫然自失《ぼうぜんじしつ》の状態だった。全身をわななかせながら、金魚のように口をぱくぱくさせている。

「話が違うじゃないか」

本橋が怒気を含んだ声を放った。だが、シャークは何も答えなかった。

「総理、大丈夫ですか？」

角《すみ》が本橋に走り寄り、自分のハンカチで首相の顔の鮮血を拭《ぬぐ》いはじめた。瞬《また》く間に、白いハンカチは赤く染まった。

「おれは政治屋も嫌いでな」

シャークがうそぶき、消音器を掌《てのひら》の上で弾《はず》ませた。

グリーンアイズの男が血糊《ちのり》でぬめったコマンドナイフを中根の背広の肩口で拭い、ゆっくりと革鞘《スキャバード》に収めた。無表情だった。

もうひとりの青い目の男も、なんの感情も表さなかった。

塙は、かすかな戦慄《せんりつ》を覚えた。少し経つと、また小型無線機が着信音を奏《かな》ではじめた。

「忙しいな」

シャークが小型無線機を持って、ふたたび塙に近づいてきた。塙の耳に、小型無線機が当てられた。

「塙君かね？　機動捜査隊の麻生だが」

「ああ、はい」

「種子島宇宙センターで何かアクシデントがあったそうだが……」

「はい。知識不足で詳しいことはわからないんですが、固体ロケット試験棟で燃料漏《も》れがあったようです。本橋総理ら視察の方々はご心配だからとおっしゃられて、多少、予定を変更されたわけです」

「それだけなんだな」

麻生が確かめた。

塙は、麻生に何とか事件のことを伝えられないかと、頭を急回転させた。しかし、すぐには妙案が浮かばなかった。

「どうなんだね？」

「もちろん、それだけです」

「そうか。それなら、それでいいんだ。任務をしっかり遂行してくれたまえ」

麻生の声が消えた。

シャークが乱暴に小型無線機を塙の耳から離した。そのとき、本橋が腹立たしげに言った。

「わたしに、どうしろと言うんだっ」

「そう慌《あわ》てるな。時間は、たっぷりある。気長につき合ってくれ」

シャークがにっと笑い、元の椅子に腰を戻した。

戦闘機械《マシーン》のようだが、人間に変わりない。辛抱《しんぼう》強く待ってれば、いつか隙《すき》を見せるだろう。

塙は自分に言い聞かせ、瞼《まぶた》を軽く閉じた。

午後十一時三十一分

派手《はで》な爆発音が轟《とどろ》いた。

仕切り壁も揺《ゆ》れた。人質の女性歌手たちが一斉《いっせい》に悲鳴を洩《も》らした。

イーグルはパイプ椅子から腰を浮かせた。

さきほど稲田が内線電話で伝えてきた話は、事実だったのか。

イーグルは緊張した。電話の内容は、隣の第七スタジオに何者かが爆発物を仕掛けたと局に通告してきたというものだった。

稲田は、いたずら電話の類《たぐい》だろうとたかを括《くく》っていたが、実際に誰かが爆発物を仕掛けたのか。それとも、警察が仕切り壁を爆破する気になったのだろうか。

「いまの音は？」

「爆発音がしたのは第七スタジオだったぞ」

ドッグとラビットが言い交わした。ベアはグロック26を左右に振りながら、ひどく狼狽《ろうばい》している。

イーグルは、岩城やTVカメラマンたちを見た。

揃ってスチールドアの方に身を寄せているが、どの顔にも緊迫感がうかがえない。どうやら何か局の連中が企《たくら》んでいるようだ。

イーグルは悠然と構え、ビーフジャーキーを噛みしだきはじめた。フェイスキャップは顎から捲《まく》り上げていた。

ラビットのフィールドパックの中には、四人分の非常食とスポーツドリンクがたっぷりと入っていた。

排尿袋もあった。凝固剤入りだった。

またもや爆発音が響いた。仕切り壁が震え、床が揺れた。

その直後、スタジオの隅にある社内電話が鳴りはじめた。イーグルは、すぐさま受話器を摑み上げた。

「せ、制作局長の稲田だ」

「どうした？」

「あの脅迫電話は、いたずらじゃなかったんだ。七スタに爆発物が……」

「それで？」

「最初の爆発の爆風で、照明器具がこなごなに壊《こわ》れてしまった。それから、セットも燃えはじめてる」

「そうかい」

「そこにいたら、危険だ。人質と一緒に八スタから出てきてくれ。別のスタジオを用意する」

「スタジオの前には、警視庁の特殊部隊の奴らが待ってるって筋書きか」

「何を言ってるんだっ。言われた通り、警察には連絡していない」

稲田が叫ぶように言った。

「おまえは信用できない。小細工を弄《ろう》して、告発の生放送をさせなかった前科があるからな」

「そのことは許してくれ」

「おまえ、なんで逃げ出さない？」

イーグルは、からかった。

「番組スタッフや氷室香奈恵たちを見捨てるわけにはいかないじゃないか。頼むから、スタジオから出てきてくれ。局内には、警察の者はひとりもいないよ」

「二度騙されるほどとろくないぜ。花火ごっこは早くやめさせろ」

「わたしの言葉を信じないんだな。ひょっとしたら、八スタにも爆発物が仕掛けられてるかもしれないのに。いや、きっと仕掛けられてるな」

稲田が言った。

「演技力が足《た》りねえな、スタッフのさ」

「何のことだ?」

「スタッフ連中はそんな芝居には乗れないらしいぜ。冷静そのものだ。無駄なことはやめて、早く生放送の準備をしな」

イーグルは受話器をフックに叩きつけた。

ちょうどそのとき、局内の火災報知機がけたたましく鳴りだした。スチールドアの下から細く煙が入ってくる。

「人質を連れて、いったん逃げましょうよ」

ベアが言った。ラビットとドッグが同調する。

「ここから出して」

「わたし、死にたくないわ」

人質の女性歌手たちも口々に訴《うった》えた。

「みんな、静かにしろ。さっきの爆発音は本物じゃない。だから、騒ぐな」

イーグルは一喝《いっかつ》し、仕切り壁に歩み寄った。懐から、聴音装置を取り出す。集音マイクを壁に当てると、男たちの囁《ささや》き声が聴《き》こえた。

「もう少し火薬量を増やしますか？」

「そうだな。それから、音量をもっと上げよう」

会話はすぐに止《や》み、人々の動きが慌ただしくなった。

「どうだ、おれの言った通りだろうが」

イーグルは三人の仲間に言った。

ベアたちの目に、安堵《あんど》の色が拡がった。香奈恵たちの顔にも、血の色が蘇《よみがえ》りはじめた。

イーグルは、チーフディレクターの岩城を手招きした。

岩城が不安そうな顔つきで近づいてきた。彼が立ち止まった瞬間、イーグルは右足を飛ばした。蹴りは岩城の股間《こかん》にもろに入った。岩城が両手で急所を押さえて、その場に屈み込んだ。

イーグルは、ふたたび蹴りを放った。

空気が縺《もつ》れた。狙ったのは喉笛《のどぶえ》だった。

岩城が短く呻《うめ》いて、仰《あお》向《む》けに引っくり返る。すぐに横向きになり、長く唸《うな》った。

唸りながら、赤いものを吐いた。血だった。蹴られたときに、舌を嚙んだらしい。

「おまえは稲田の小細工を知ってたはずだ」

「こ、小細工って、何のことです？」

「とぼける気かよ。いい根性してるな」

「…………」

「稲田に電話して、すぐに花火ごっこをやめさせろ。さもないと、おまえをすぐに殺《や》る！」

「わ、わかったよ」

岩城は社内電話機のある場所まで這い進み、受話器を外した。

何か抗議口調で喚《わめ》き、憤然と電話を切った。ほどなく火災報知機の警報が沈黙した。

「おまえも、稲田とつるんでたんだ。それなりのお仕置きをしなきゃな」

イーグルは言った。

「な、何をする気なんだ⁉」

「俯《うつぶ》せになれ」

「赦《ゆる》してくれ。わたしは騙す気はなかったんだ」

「いいから、言われた通りにしな」

「わかったよ」

岩城が渋々《しぶしぶ》、命令に従った。

イーグルは目顔《めがお》でドッグを呼んだ。ドッグが小走りに走ってきた。

「こいつのアキレス腱《けん》を切断しろ」

「えっ、そんなことは……」

「できない？」

「必要ないじゃないか」

「この野郎は制作局長と結託して、おれたちに罠《わな》を仕掛けたんだぞ」

「それはそうだけど……」

「アキレス腱を切るのは簡単だよ。誰にだって、できる。お手本を見せてやろう」

イーグルは岩城の左の膕《ひかがみ》を膝で押さえつけると、手早くスラックスの裾《すそ》を捲《まく》り上げた。柄《がら》ソックスを下げるなり、足首にコマンドナイフの刃を当てた。

刃渡りは十五、六センチだった。やや刀身が反《そ》っていた。

「やめろ、やめてくれーっ」

岩城がもがいた。

イーグルは酷薄な笑《え》みを鋭い目に漂《ただよ》わせ、無造作《むぞうさ》にナイフを滑らせた。岩城が凄《すさ》まじい声をあげた。

切断されたアキレス腱が一気に縮《ちぢ》み、脹脛《ふくらはぎ》が大きく盛り上がった。瘤《こぶ》に似た形だった。

岩城が歯を剝《む》いて、体を左右に振った。

「アキレス腱が切れても、ゆっくりなら歩ける。跳躍《ちょうやく》したり、走ることはできないがな。だから、そう悲観するなって」

イーグルは岩城に優しく言って、おもむろに立ち上がった。コマンドナイフの切っ先から、血の雫《しずく》が雨垂れのように滴《したた》っている。

「ドッグ、やってみろ」

イーグルは赤く汚れたナイフを差し出した。

ドッグが首を振りながら、後じさった。

「だらしがねえな」

「イーグルさん、こんなことはもうやめようよ。早く生放送の準備をさせて……」

「そう慌てることはないさ。おれたちは、このスタジオの支配者なんだ。好きなことは何でもできるんだぜ」

「それは、わかってるよ」

「ここには、若い女が八人もいるんだ。なかなか生放送もさせてくれないし、ただ女どもを眺めてるだけじゃ、つまらないだろうが」

「どういう意味?」

「その気になりゃ、スーパーアイドルとも遊べるってことさ」

イーグルは言って、ラビットに氷室香奈恵を連れてこさせた。

「わたしに何をさせる気なの⁉」

「そのセクシーな唇で、ドッグのペニスをしゃぶってやれよ」

「そんなこと、いや！」

「やらなきゃ、この血塗《まみ》れのナイフでおっぱいを抉《えぐ》るぞ」

「赦して、赦してください」

香奈恵が円《つぶ》らな瞳に涙を溜《た》め、必死に訴えた。ドッグがうろたえた。

「おれ、そんなことしてもらわなくても……」

「くわえてもらいな」

イーグルは、ドッグを睨《にら》みつけた。

ドッグは何か言いかけ、すぐに口を噤《つぐ》んだ。怯えていることは間違いない。

イーグルは血糊の付着したナイフを香奈恵の首筋に押し当てた。香奈恵の体が強張《こわば》る。

「早くしろ」

イーグルは、香奈恵をドッグの前にひざまずかせた。

香奈恵はためらいつづけていたが、やがてドッグの体に白い指を伸ばした。バトルスーツのパンツの前を開ける。

「無理しなくてもいいよ」

ドッグが呟《つぶや》いた。

香奈恵は観念したらしく、ドッグの分身を摑み出した。早くも膨《ふく》れ上がっていた。赤黒かった。

香奈恵が目を閉じ、昂《たか》まったペニスを含んだ。

ドッグが切なげに呻いた。香奈恵は栗色の長い髪を耳に掛けると、熱心に舌を使いはじめた。

「小娘のくせに、うまいもんだな。なあ？」

イーグルは、スーパーアイドルの淫《みだ》らな行為に見入っているラビットに声をかけた。

ラビットは返事をしなかった。生唾《なまつば》を口に溜め、香奈恵の口許《くちもと》を見つづけていた。

「おい、返事ぐらいしろ！」

「は、はい」

「驚いたか？」

「なんか信じられないな」

「おまえも勃起《ぼっき》してるようだな。よし、何とかしてやろう」

イーグルは言って、ポップスシンガーの浦上早希を呼びつけた。

早希は泣いて拒《こば》み通した。イーグルは舌打ちし、ロックシンガーの吉岡マリに声をかけた。

マリは歯を固く噛み締め、首を振りつづけた。

イーグルは腹を立て、マリの腰を蹴った。それでも、マリは命令に従わなかった。

イーグルは二人の歌手を撃ち殺したい衝動を辛《かろ》うじて抑え、シンガーソングライターの北條真弓《ほうじょうまゆみ》を呼んだ。

真弓は二十六、七歳だった。大人のラブソングを作り、自分で歌っている。どことなく頽廃《たいはい》的な雰囲気を漂わせていた。黒ずくめで、化粧が濃い。

イーグルは短機関銃《サブマシンガン》で、真弓を威嚇《いかく》した。

すでに真弓は覚悟していたようで、ほとんど拒絶反応は示さなかった。命じられたまま、彼女は小柄なラビットの腰に腕を回した。馴れた動作でラビットの昂まりを摑み出し、舌の先で刺激を加えはじめる。

ラビットが焦《じ》れて、真弓の頭を抱え込んだ。真弓が喉の奥で呻いた。

「おまえも参加させてやろう」

イーグルはベアに声をかけ、芝由美《しばゆみ》をパートナーに選んだ。由美はニューミュージック系の歌手で、二十四、五歳だった。

ベアは、由美の口中に反り返ったペニスを突き入れた。

かなりの巨根だった。由美は苦しそうだった。

「おい、ハンディカメラでビデオを撮《と》っとけ」

イーグルは、若いTVカメラマンに鋭い声を投げた。

「そこまでやるのは……」

「やりたくないってのかっ。なら、死ぬんだな」

「待ってください。やります、やりますよ」

若いカメラマンがスタジオの隅に置かれたハンディカメラを取りに走った。

「いい眺めだぜ」

イーグルは呟いた。

ドッグ、ラビット、ベアの三人は横一列に並び、快楽の呻きを洩らしていた。揃って、別人のような目つきになっている。初めて罪を犯《おか》した緊張と興奮で、異常心理に陥っているのだろう。

ほどなくビデオ撮影がはじまった。

それから間もなく、ドッグが射精した。香奈恵が顔を離し、口中に溜まった精液をフロアに吐き出した。

イーグルは香奈恵に歩み寄って、脇腹に蹴りを浴びせた。香奈恵が胎児のように体を丸め、高く低く唸りはじめた。

イーグルは片目を眇《すが》めた。

午後十一時五十七分

白いヒップが八つ並んだ。

香奈恵たち人質の歌手たちは、第八スタジオのほぼ中央に這わせられていた。八人とも全裸だった。

イーグルは、八人の女の背後に立っていた。

バトルスーツを着たままだった。ラビット、ドッグ、ベアの三人は何か低く言い交わしている。ハンディカメラは、隅のパイプ椅子の上に置かれていた。

極秘戦闘班に稲田から報告があったのは、七スタ偽装爆破の直前だった。郷原の再度の中止命令も聞かず実行された小細工は予想通り失敗したという。

そんな報告を聞き、郷原たち三人は練っていた強行突入策の実行を決断した。イーグルたちの毒牙が人質に向けられることはわかりきっていた。

イーグルは八人の女をいっぺんに凌辱《りょうじょく》する気なのだろう。

郷原はベレッタM92SBの照準《サイト》を標的の後頭部に定めた。

エアダクトの中だった。郷原は腹這《はらば》いになっていた。銃口は、金網の裂《さ》け目から数ミリ突き出す恰好だった。

その裂け目から十センチほど離れた場所には、マイクロ・スコープカメラが固定してある。部下の轟がモニターで、テロリスト集団の動きを追っているはずだ。

左耳のレシーバーから、五十嵐の低い声が流れてきた。

「わたしです」

「ドアの隙間《すきま》に、プラスチック爆弾をセットしてくれたな？」

「はい、完了です。起爆スイッチのボタンを押せば、鉄扉は楽に開けられるでしょう」

「よし。そのまま、待機してろ」

「了解！　班長《キャップ》、イーグルは人質に衣服を脱げと命じましたが、まさか氷室香奈恵たちを犯すつもりじゃないでしょうね？」

「いや、そうするつもりのようだ。イーグルは、女たちを四つん這いにさせて横に並べたからな」

「なんて奴なんだっ。何が『日本世直し同盟』だよ。笑わせやがる。やってることは、ギャングと変わらないじゃないかっ」

「五十嵐、冷静にな」

郷原は窘《たしな》めた。

「ええ、わかってますよ。合図を待ちます」

五十嵐の声が途切《とぎ》れた。

郷原はトークボタンを押しつづけ、轟をコールした。

「予定の行動に移ってくれ」

「はい」

すぐに交信が切れた。

轟は錨《いかり》の形をしたグラップリング・フックを屋上の鉄柵《てっさく》に引っ掛け、外壁を三階まで降り、配管孔から催涙ガス弾を撃ち込む手筈《てはず》になっていた。

三十七ミリのティアーガス弾は強力だった。ほんの数秒で、暴徒の視力を一時的に奪うことができる。

郷原たち三人は、防毒マスクをつけていた。

作戦は、スチールドアの爆破と同時に五十嵐がスタジオ内に突入し、轟が配管孔から催涙ガスを撃ち込む。すかさず郷原は、イーグルを狙撃《ヒット》する。そういう段取りだった。イーグルさえ押さえれば、強行突入作戦は成功するだろう。

イーグルが短機関銃の銃口やコマンドナイフの先で、女たちの肛門や性器を弄《もてあそ》びはじめた。

そうされるたびに、八人の歌手は全身を強張《こわば》らせた。人質が少しでも抗《あらが》うと、イーグルは容赦なく編上靴《へんじょうか》で茹《ゆ》で卵のようなヒップを蹴りつけた。

「所定位置につきました」

「よし。そのまま、合図を待て」

郷原は轟に命じ、ベレッタの銃把《グリップ》を両手保持した。寝撃ちのときの基本姿勢だった。

イーグルが急に振り向いた。

人のいる気配を察したのか。郷原は息を詰めた。

イーグルは仕切り壁を舐《な》めるように見回すと、前に向き直った。安堵しかけたとき、またもや振り向いた。

「どうしたんです？」

ベアがイーグルに訊く。

「ふと誰かに見られているような気がしたんだよ」

「えっ。でも、後ろはコンクリートの壁じゃないですか」

「ああ。しかし、上の方に通風孔がある」

イーグルがコマンドナイフを横ぐわえにするなり、急に上体を捻《ひね》った。ベレッタPM12Sを構えていた。

郷原はベレッタM92SBの銃口を引っ込め、すぐにマイクロ・スコープカメラも金網から外した。そのとき、短機関銃が乾いた銃声を刻《きざ》みはじめた。通風孔の金網の上部が穿《うが》たれた。

郷原は顔を伏せた。

跳弾が上下に跳《は》ね、エアダクトに何カ所か穴が開いた。金網は傾いたが、フレームから外れなかった。

スタジオの中から、通風孔の奥までは見えないはずだ。郷原はそう思いながら、じっと動かなかった。

「どうやら気のせいだったようだな」

イーグルはベアにそう言い、また前に向き直った。

人質の女たちはサブマシンガンの連射音に驚き、それぞれ五、六メートル先まで逃げていた。イーグルは香奈恵たち八人を元の位置に這わせ、両膝を床に落とした。

短機関銃を右手で構えていた。イーグルが左手だけで、器用に分身を掴み出した。

郷原はマイクロ・スコープカメラを金網に固定し直し、ベレッタを握り直した。

「班長《キャップ》、いまの連射音は？」

耳栓型レシーバーから、轟の声が伝わってきた。

「イーグルが人の気配がすると言って、通風孔めがけて五、六発ぶっ放してきたんだ」

「お怪我《けが》は？」

「無傷だ。マイクロ・スコープカメラにも気づかれてないだろう」

「それは、よかった」

「もう少し様子を見たほうがいいだろう」

郷原は交信を打ち切った。それを待っていたように、五十嵐から呼びかけがあった。

郷原はさきほどと同じような言葉を返し、トークボタンから指を離した。

イーグルが左端にいるスーパーアイドルの桃尻を片腕で抱き寄せ、荒々しくペニスを埋《うず》めた。

香奈恵が呻いて、背を反《そ》らした。

「腰を使え。歌うときと同じように、腰をくねらせろ」

イーグルが短機関銃の銃口を香奈恵の後ろ首に押し当てた。

香奈恵は短く迷ってから、言われた通りにした。イーグルも突いた。

ひとしきり抽送《ちゅうそう》を娯《たの》しんでから、四人組のリーダーは次に芝由美を後背位で嬲《なぶ》った。

銃口は、人質の後頭部に当てられていた。

犯人がサブマシンガンを手放さない限り、人質がどうなるかわからない。

郷原は引き金に指を絡《から》めたが、二人の部下にゴーサインを送れなかった。

イーグルは北條真弓、吉岡マリ、浦上早希、青山容子《あおやまようこ》、冬木《ふゆき》めぐみ、安部里織《あべりおり》の順に犯した。冬木めぐみは腰の使い方が下手《へた》だと、途中で突き倒された。

どの人質も、男の体を迎え入れる準備が整っていなかった。痛みを訴える者が大半だった。

イーグルは少しも手加減しなかった。

突いて、突いて、突きまくった。乳房を揉む手も荒々しかった。

イーグルはひと通り八人を辱めると、香奈恵をふたたび犯した。十分以上も律動を加え、ようやく果てた。

イーグルは結合を解くと、八人の裸の女を自分の周《まわ》りに立たせた。円陣の中に坐り込み、うまそうに紫煙をくゆらせはじめた。

奇襲を警戒して、女たちを弾避けにしたようだ。いまは手の出しようがない。

郷原はエアダクトを逆戻りしはじめた。

ダクトの入口までは、二十数メートルだった。四階の通路に出て、部下たちを特殊無線で呼んだ。作戦の練り直しをするつもりだった。

壁にもたれて溜息をついたとき、内ポケットで私物のスマートフォンが振動した。

郷原は、すぐにスマートフォンを耳に当てた。

「わたしよ」

さつきだった。

「きみに渡した黄色っぽい粉は？」

「ポスターカラーだったわ。作業服に付着したポスターカラーが乾燥して、資料室の床に落ちたんじゃないかしら？」

「テレビ局でポスターカラーをよく使うセクションというと、ドラマのセットなんかを作ってる美術部あたりかな」

「そうね。それから、広報部のデザイン担当者も使ってるんじゃない？」

「そうだな。美術部の大道具係の者が資料室を利用するだろうか」

「時代考証の資料なんかは、よく見るんじゃない？」

「そうか、そうだろうな。広告デザイナーも、美術年鑑や画集、写真集なんかを見るだろう」

　郷原は言った。

「ええ、そうでしょうね。でも、ポスターカラーの粉を落とした人物が、犯人グループの協力者と限らないでしょ？　まったく関係のない人間の衣服から剝がれ落ちたのかもしれないしね」

「もちろん、わかってるさ。しかし、ちょっと調べてみる価値はありそうだな」

「ええ、それはね」

「ほかに何かわかったことは？」

「繊維物質が混じってたわ。高熱伝導計《ガスクロマトグラフィ》にかけたら、グレイに染色された木綿だったの。繊維は割に粗《あら》かったから、作業服の生地の一部だったのかもしれないわね」

　さつきが言った。

「そうだとしたら、美術部の関係者の作業服から、こびりついてた黄色いポスターカ

「ラーが剝がれ落ちたのかもしれない」

「その可能性はあるわね。ところで、救出作戦のほうはどうなったの？」

「まだ難航してるんだ。リーダーのイーグルって暗号名《コードネーム》を持つ男が強《したた》かな奴で、なかなか隙を見せなくてな」

「大変ね。でも、力也さんなら、必ず人質を救出できるわ。これまでだって、信じられないような方法で事件を解決したんだもの。自信を持って、卑劣《ひれつ》な男たちを取っ捕まえて」

「ああ、そうしよう。部屋に戻って、ゆっくり寝《やす》んでくれ」

「ベッドが広すぎて、なんだかすぐには寝つけそうもないわ」

「たまには、そういう夜があってもいいさ」

「意地悪ね。でも、好きよ。愛してるわ」

「おいおい、いまは任務中だぜ」

「そうだったわね。ごめんなさい」

「朝には会えるだろう。それじゃ……」

郷原は通話を切り上げた。

駆けてくる五十嵐の姿が視界に入った。郷原は気持ちを引き締めた。

四日　午前零時十分

首相官邸の会議室は、気まずい空気に包まれていた。

魚住防衛大臣が自衛隊の出動を強く主張するだけで、どの閣僚もひたすら沈黙を守っていた。煙草の煙が澱《よど》み果て、閣僚たちの顔には脂《あぶら》が浮きはじめていた。

壁に掛かった時計の針音だけが高かった。

第三章　謎の同時占拠

四日　午前零時三十分

どの顔も殺気立っている。

稲田は、かすかな恐怖を覚えた。制作局長室には、二十数人の男が詰めかけていた。人質に取られている女性歌手たちの所属プロダクションの社長や役員たちだ。

稲田はひどく落ち着かなかった。

自分が考えた偽装工作を犯人グループに看破され、あろうことか、アイドルたちが凌辱《りょうじょく》されてしまった。そのことを芸能プロの関係者に知られたら、殺されることになるかもしれない。さきほど岩城から、八人の歌手が辱《はずかし》められたという報告を受けていたのである。

「局長、いったいどういうつもりなんですっ」

五十年配の加堂正弘《かどうまさひろ》が声を荒らげた。氷室香奈恵の所属プロダクションの社長だ。

「みなさん方の苛立《いらだ》ちはよくわかりますが、どうすることもできないんですよ。なにしろ、十五人の男女が人質に取られてしまったんですから」

「他人事《ひとごと》みたいに言わないでほしいな。もう番組スタッフが二人も殺されたんでしょうが。このまま手を拱《こまね》いてたら、香奈恵たち八人の女の子もどうなるかわからない」

加堂の言葉に、ほかの芸能プロダクションの社長たちが相槌《あいづち》を打った。

稲田は胸を撫《な》で下ろした。アイドルたちが犯《おか》されたことは、まだ露見していないようだ。

「まさか犯人どもは、香奈恵におかしなことはしてないでしょうね」

加堂が言った。稲田は、ぎくりとした。

「どうなんです？」

「犯人グループは女性には何も悪さはしてませんよ」

「確かですね」

「ええ」

「四人組は何を要求してるんです？」

「それが、まだ何も要求してこないんですよ」

稲田は言い繕《つくろ》った。イーグルたちの要求を明かしたら、来訪者たちは当然、電波を提供してやれと口を揃《そろ》えるだろう。

「それは妙だな。東都テレビさんは、われわれに何か隠してるんじゃありませんか？」

「そんなことはありません」

「そうかな。それはそうと、犯人グループにわれわれが身代わりの人質になるからと交渉してみてくださいよ」

「それは受け入れられないと思います」

「交渉してみなきゃ、わからんでしょうが！」

「そ、そうですね」

「八スタに電話してください」

加堂が机の上から電話機を持ち上げた。

稲田はそれを受け取り、内線番号をプッシュした。ややあって、岩城が電話口に出た。声が弱々しい。

「切られたアキレス腱《けん》の痛みはどうかね？」

「気が遠くなりそうですよ。ところで、何なんです？」

「いま、八人の歌手の所属プロの方たちが大勢わたしの部屋にいらっしゃるんだ。みなさん、人質の身代わりを志願したいとおっしゃってるんだが、そのことをイーグルに話してもらえんかね？」

稲田は言った。

「そんなこと、認めるわけないでしょうが」

「わたしもそう申し上げたんだが、みなさん、納得してくれなくてね。一応、イーグルに訊《き》いてみてくれないか」

「ちょっと待ってください」

岩城が送話口を手で塞《ふさ》いだ。少し待つと、彼の声が流れてきた。

「まるで取り合ってもらえませんでしたよ。そんなことより、生放送の準備はどうなってるって怒ってます」

「もう少し引き延ばしてくれ」

「局長、いい加減にしてくださいよ。お、お、お客さんをこれ以上怒らせたら、女の子たちにまた悪さを……」

「わ、わかった。善処しよう」

稲田はうろたえ、受話器を置いた。ほとんど同時に、加堂が問いかけてきた。

「どうでした？」

「取りつく島もありませんでしたよ」

「くそったれどもが。こうなったら、機動隊に強行突入してもらうほかないでしょ？」

「しかし、それじゃ、さらに犠牲者が出ることになるかもしれない」

「どうすりゃ、いいんですっ。うちの氷室香奈恵はもちろん、ほかの七人もそれぞれ所属プロのドル箱なんですよ。歌手活動ができなくなったら、何十億円、いや、何百億円の損害です。その補償を東都テレビさんがしてくれるんですか？」

「それは、筋《すじ》が違うんじゃありませんか。別に犯人たちは、うちの局の者じゃないんです。そこまでは、責任を負《お》えないいな」

「おたくの局の警備が甘いから、こういうことになるんだ」

「そうおっしゃるが、犯人たちはサブマシンガンや拳銃を持ってるんです。仮に局のガードマンが犯人たちに気づいても、どうすることもできなかったでしょうが！」

「それは、そうかもしれないが……」

「みなさん方の焦《あせ》りはわかりますが、もう少し時間をくれませんか？」

稲田は芸能プロダクションの関係者たちに言った。すると、安部里織の所属事務所の社長が口を開いた。

「どのくらい待てばいいんです？」

「それは、はっきりとは申し上げられません」

「稲田さん、わたしね、関東仁友会《じんゆうかい》の理事長と親しいんですよ。あの大親分は、とても俠気《おとこぎ》があるんです。理事長に一肌脱いでもらって、犯人どもに脅《おど》しをかけてもらったら、どうでしょうね？」

「その筋の方を使うのは……」

「大親分に、犯人たちの恋人か家族を拉致《らち》してもらうって手もあると思うんですよ。それで、人質の交換をすれば、事件はあっという間に解決するでしょう」

「しかし、犯人たちの身許《みもと》が判明してないんです。仮に素姓《すじょう》が明らかになっても、暴力団関係者の手を借りるのは問題がありますよ」

「そうかもしれないが、このままでは埒《らち》が明かないでしょう?」

「犯人たちも疲労の色が濃くなりはじめてます。隙《すき》が出来たら、警察に強行突入をしてもらうつもりです。いま、騒ぎたてるのは賢明ではないでしょう。みなさん、ひとまずお引き取りください。そうそう、事件のことはマスコミにはひた隠しにしてくださいね。どうかお願いします」

稲田は深々と頭を下げた。

加堂たちは不服そうだったが、ひと塊《かたまり》になって制作局長室から出ていった。

稲田は高い背当ての付いた回転椅子《いす》に崩れるように坐り込み、長く息を吐いた。

ダンヒルをくわえ、ゆったりと一服した。短くなった英国煙草《たばこ》の火を消したとき、ドアがノックされた。

訪ねてきたのは、極秘戦闘班の郷原だった。

「また、お叱《しか》りですか。もう何もしてませんよ」

「実は確証があるわけではないんですが、おたくの局員の中に犯人グループに協力している者がいるかもしれないんですよ」

「そんなばかなことがあるわけない。何かの間違いでしょう」

「そうなら、いいんですがね」

「いったい、何があったというんです？」

　稲田は訊いた。郷原が二階の資料室の天井に穴が空いていたことと床に落ちていたポスターカラーのことを話した。

「いまの話だと、美術部の者が資料室に行ったようですな。しかし、その人物が天井に妙な穴を穿《うが》ったとは断定できない。それから、あなたの部下をテイザーガンで昏倒《こんとう》させ、さらに麻酔薬を嗅《か》がせたこともね」

「ええ、その通りです。しかし、調べてみる必要はあります。ちょっと美術部を覗《のぞ》かせてもらってもいいですか？」

「部屋には誰もいませんよ」

「それでも結構です。もちろん、部員の方たちの私物には触《ふ》れません」

「それなら、別にかまわんでしょう。それより、例の突入作戦はどうなったんです？」

「隙を衝《つ》くチャンスがなかったんですよ」

「別の作戦もお考えになってるんでしょ？」

「ええ、いくつか。しかし、犯人たちが警戒を強めているいま、動くのは得策ではないのでね」

「警視庁には『SAT《サット》』とかいう特殊部隊がありますよね。そろそろその部隊にも来てもらったほうがいいんじゃないのかな」

「それも検討していますが、スタジオ外に協力者がいる可能性もありますのでね。たとえ、いなかったとしても大勢の人間が動くと、どうしても犯人側に覚《さと》られやすいんです。もう少しわれわれ三人で頑張《がんば》ってみます」

郷原がそう言い、部屋から出ていった。

あの男は、自分たちだけで手柄を立てたいようだ。しかし、たった三人で凶悪なテロリストを押さえられるわけがない。事件を極秘裡《り》に解決してもらいたいという丸山専務の考えには賛成だが、彼らだけでは無理だろう。

稲田は椅子に坐り直し、ダンヒルに火を点《つ》けた。

ふた口ほど喫《す》ったとき、机の上で電話が鳴った。

外線ランプが赤く点滅している。稲田は煙草を揉《も》み消し、受話器を摑《つか》み上げた。

「制作局長の稲田だな?」

男の低い声が確かめた。

「そうだが、あなたは?」

「『日本世直し同盟』の者だ。仲間たちからは、シャークと呼ばれてる」

「えっ、何だって⁉」

「早く八スタにいる同志たちに、電波を提供しろ。命令を無視したら、本橋昇一郎を処刑する」

「本橋首相を⁉」

「そうだ。ある場所に監禁してある」

「そんな話は鵜呑《うの》みにしないぞ」

「疑い深い奴だ。いま、本橋を電話口に出してやる」

「すぐ近くにいるのか⁉」

稲田は問いかけた。

だが、相手の返事はなかった。電話の向こうから、かすかなざわめきが伝わってきた。

「もしもし！」

稲田は大声で呼びかけた。一拍置いて、聞き覚えのある男の声が響いてきた。

「民自党の本橋昇一郎です」

「総理のお声のようですが、失礼ですが、ご本人でしょうか？」

「ええ、本人です。わたしは現在、ある所に閉じ込められてる。近くには武装した男たちがいます」

「どこで拉致されたんです？」

「残念ながら、そういう質問には答えられない」

「ええ、ええ。よくわかります」

「おたくの第八スタジオに立て籠《こも》ってる四人組は、わたしの自由を奪った連中の仲間のようです。四人組は、十五人の男女を人質に取っているそうだね？」

本橋本人らしい人物が訊いた。

「はい、その通りです。番組スタッフの二人は、イーグルと称している男に射殺されてしまいました」

「やっぱり、そうだったか。スタジオを占拠した四人は、このわたしを断罪したがっているようです」

「ええ。総理の不正を告発したいから、電波を提供しろと……」

稲田は極度の緊張で、全身が汗ばみはじめた。一国の総理大臣と直《じか》に電話で言葉を交《か》わしていることが嘘のようだった。

「わたしは三十数年間、議員生活を送ってきたが、疚《やま》しいことは何もしていない。あなたの局には迷惑をかけるが、告発の生放送をされても少しも困りませんよ」

「ですが、総理……」

「生放送で十五人の命が救われるなら、ぜひ放送していただきたいな」

「わたしの一存では決め兼ねますので、上の者と相談させてください」

「おたくの神谷《かみや》会長や水上《みなかみ》社長、それから丸山専務もよく存じ上げてる。政治家として、わたしにはやらなければならないことがたくさんあります。ここで理不尽《りふじん》な殺され方をしたら、死んでも死にきれない」

「わかります、よくわかります。総理のお言葉をとりあえず専務の丸山に伝え、すぐさま会長の判断を仰《あお》ぐつもりです」

「よろしくお願いします」

本橋の声が萎《しぼ》んだ。待つほどもなく、シャークの声が流れてきた。

「今度こそ、生放送しろよ。もしも今度、小細工を弄《ろう》したら、即刻、本橋を殺すからな」

「善処します。だから、どうか短気だけは起こさないでくれ」

「他人《ひと》に物を頼むのに、ずいぶん横柄《おうへい》な口を利《き》きやがる」

「謝ります、謝りますよ」

稲田は机に額《ひたい》を擦《こす》りつけた。

シャークは無言で電話を乱暴に切った。

なんてことなのか。稲田は頭を掻《か》き毟《むし》った。

午前零時四十九分

美術部は暗かった。

郷原は手探《てさぐ》りで、電灯のスイッチを入れた。

局の二階にある部屋は、倉庫のような造りだった。大小のセットが壁際《かべぎわ》に寄せられ、ドラマに使う袖看板《そでかんばん》や提灯《ちょうちん》が無造作《むぞうさ》に並んでいる。ネオンチューブもあった。

片隅にスチールデスクが六卓あり、絵筆立てやポスターカラーの容器が雑然と載《の》っている。

テーブルのそばに、スチールロッカーがあった。

郷原はロッカーに歩《ほ》を進めた。左から二つ目のロッカーの扉は、きちんと閉まっていなかった。

郷原は爪先《つまさき》で扉を開けた。ロッカーの下段に、丸めた灰色の作業服の上下が突っ込まれていた。ズボンの裾《すそ》のあたりに、黄色い染《し》みが点々と散っている。ポスターカラーが飛び散ったのだろう。

ズボンの下に、電動ドリルがあった。

ドリルは外《はず》されていたが、本体には白っぽい粉が付着している。内装材を穿《うが》ったときの粉末だろうか。上段を覗いてみたが、撃ち込み式高圧電流銃〝テイザーガン〟やエーテル液の類《たぐい》は見当たらなかった。

郷原はロッカーのプレートを見た。横尾祐次《よこおゆうじ》と黒のマジックインクで記《しる》してあった。

郷原はスチールデスクの上を見回した。

いちばん手前の机上に、手製の連絡帳があった。その連絡帳に、横尾祐次の自宅の電話番号が載っていた。

郷原はポリスモードを使って、横尾の自宅に電話をかけた。しばらく待つと、先方の受話器が外れた。

「横尾です」

中年女性の不機嫌そうな声が響いてきた。

「非常識な時間に申し訳ありません。警視庁の者ですが、祐次さんはいらっしゃいますか？」

「息子なら、先日、オートバイ事故で死んでしまいましたが……」

「それは存じませんでした」

「あのう、祐次が何か悪いことをしてたのでしょうか？」

「いいえ、そういうことじゃないんですよ。あることで、ちょっとお話を伺《うかが》いたかっただけなんです」

「そうですか」

「ついでと言っては申し訳ないが、少し質問させてください」

「何でしょう？」

「息子さんは生前、同僚の誰と親しくされてました？」

郷原は訊いた。

「児玉《こだま》さん、児玉和敬《かずたか》さんとは割に仲がよかったですね」

「その方は、同じ美術部で……」

「ええ、そうです。息子の先輩に当たる子で、うちにも何度か遊びに来たことがあります」

「その方に会ったことがあるんですね？」

「はい。とっても気さくな子で。ただ……」

「ただ、何です？」

「実はものすごいカーマニアで、だいぶ借金をしてたようで、息子にも……」

「借金があった？」

「そのようでした。初七日にも来てくれたんで、悪口は言いたくないんですけど」

「そうですか。その児玉さんの自宅の住所は、わかります？」

「正確な住所はわからないけど、二子玉川《ふたこたまがわ》あたりのワンルームマンションに住んでるはずよ」

「ありがとうございます。夜分に、たいへん失礼いたしました」

「警察の方なら、仕方ないわね」

先方が先に電話を切った。

郷原は連絡帳を抓《つま》み上げた。児玉和敬の電話番号も記載されていた。

すぐにコールしてみたが、その電話番号は現在使われていないという録音の声が返ってきた。

郷原は机から離れ、スチールロッカーに歩み寄った。

児玉のロッカーは、すぐに見つかった。鍵は掛かっていなかった。扉を開けてみたが、特に変わった物は入ってなかった。

もし、横尾祐次のロッカーに入っていた作業服や電動ドリルが犯行に使われた物だとしたら、それはどういうことなのか。まだ整理されず残っていた故人の物を児玉という同僚が勝手に使ったのだろうか。

そうだとしたら、児玉がイーグルたちを手引きしたことになる。犯人グループが借金だらけだという児玉に巧《たく》みに接近し、内通者に仕立て上げることは容易だったはずだ。

児玉のことを少し調べてみたほうがよさそうだ。

郷原は美術部の電灯を消し、制作局長室に急いだ。

だが、稲田は自分の部屋にいなかった。郷原は主調整室に足を向けた。そこにも、稲田の姿はなかった。

児玉が犯人グループの協力者だとしたら、逃亡の手助けに来る可能性がある。少なくとも、犯人グループが秘密の逃走ルートを確保している可能性は高くなる。麻生警視正に連絡して、児玉のことを調べてもらおう。

郷原は大股《おおまた》で廊下を進み、四階まで駆け上がった。

轟はエアダクトの入口の前で、マイクロ・スコープカメラが送ってくる第八スタジオの映像を観《み》ていた。郷原はモニターに目をやった。イーグルたち四人は裸の女たちを周《まわ》りに立たせ、何か相談していた。

番組スタッフの七人は、メインのTVカメラの後ろに固まっている。

片方のアキレス腱を切断された岩城チーフディレクターは床に坐り込み、苦痛に顔を歪《ゆが》めていた。足首には、ワイシャツの切れ端らしい布が巻きつけてあった。

それは血で斑《まだら》に汚れている。痛々しかった。

サブディレクター、二人のAD、三人のTVカメラマンは疲れ果てた様子で押し黙っていた。どの顔も、どす黒かった。

「轟、内通者の目星がついたよ」

郷原は児玉のことを話しはじめた。

午前一時二十分

停車を命じられた。

宇宙センター所長の西村は、慌《あわ》ててブレーキペダルを踏みつけた。センター内にある職員宿舎の玄関前だ。

「降りろ」

緑色の瞳の白人男が日本語で言った。

目許と鼻半分は、はっきりと見えた。男は助手席で拳銃を構えていた。

西村はうなずき、すぐに運転席から出た。車は、センターのワゴン車だった。夜気は尖《とが》っていた。

大男も車を降りた。

職員宿舎は鉄筋コンクリート造りの三階建てだった。電灯が煌々《こうこう》と灯《とも》っている。

自分は、これから何をされるのか。西村は不安だった。しかし、血臭の籠《こも》った食堂から出られたことは少し嬉《うれ》しかった。

「建物の中に入れ」

「わたしをどうする気なんだ？」

「黙って歩け！」

グリーンアイズの男が声を尖《とが》らせた。

西村は大男と一緒に職員宿舎に入った。エントランスロビーには、自動小銃を手にした二人の白人が立っていた。

男たちは、どちらも黒いバトルスーツ姿だった。同じ色のフェイスキャップを被《かぶ》っている。目の色や彫《ほ》りの深さで白人とわかった。

ロビーの隅《すみ》に、階段があった。

緑色の瞳の白人男に促《うなが》され、西村は先に階段を昇った。

この宿舎には普段、職員や関係企業からの出向者など約五十人が寝泊まりしている。残りの三十人ほどの職員は、センターの外の南種子町の自宅から通勤していた。

西村が妻と住んでいる借家も、センターから車で十分ほどの場所にあった。杉並区《すぎなみ》にある自宅では、西村の実母、息子、娘の三人が暮らしている。息子は大手商社に勤《つと》めていた。娘は大学生だ。

西村たちは二階に上がった。

廊下や集会室にセンターの職員たちが坐らされていた。五十人前後の職員の顔が見える。残りの者たちは、どこにいるのか。

職員たちを取り囲むように、武装した男たちが七人立っている。

外国人ばかりだった。白人だけではない。色の浅黒い男たちも混じっている。

「所長、いったいこれはどういうことなんです？」

次長の有森育夫《ありもりいくお》が問いかけてきた。

西村のすぐ下のポストに就《つ》いている男だ。五十一歳だった。次長の下は広報主幹だ。

一般職員は、管理、会計、技術、機械、電気、施設の各課に所属している。別に燃料試験を専門に担当している技術者グループがあった。

また、宇宙センター基地の外には、人工衛星の追跡や管制を受け持っている増田《ますだ》追跡管制所がある。そこには約十人の常駐職員がいるが、種子島宇宙センターとは別組織として運営されていた。

「わたしにも、よくわからないんだよ」

西村は答えた。

有森次長が肩透かしを喰《く》ったような顔つきになった。一般職員たちは、一段と不安の色を深めた。

「事情を説明しろ」

グリーンアイズの大男が西村を促した。

西村は本橋首相の一行が食堂棟内に監禁され、中根大臣が殺害されたことを話し、所員たちにテロリスト集団に従ってほしいと頼んだ。

「おまえたちが逆《さか》らったりしなければ、われわれは危害を加えない」

緑色の瞳の男が大声で言った。すると、技術課の十勝慎吾《とかちしんご》が小さく片手を挙《あ》げた。

「あなたたちは何を企《たくら》んでるんです？」

「本橋を断罪する。われわれの仲間が東都テレビで本橋を告発することになってるんだ」

「それは、電波ジャックをするということですか？」

「ああ、そうだ。もう間もなく、告発の生放送が流れるだろう。われわれの同志が、東都テレビの第八スタジオを乗っ取った」

「えっ」

「生放送は東都テレビの全ネット局に流させる。こっちの南九州テレビにも告発の映像は映《うつ》るはずだ」

「首相は、どんな悪いことをしたんです？」

「厚労大臣時代から、いろいろとな。後で、テレビを観ろ」

「その告発が済んだら、わたしたちは解放してもらえるんですね？」

「その時点かどうかは約束できない。日本には、本橋のほかにも天誅《てんちゅう》を下《くだ》さなければならない政治家や財界人がたくさんいるからな。だが、抵抗しなければ、生命の保証はする」

「本橋首相を人質に取って、そういう人たちもテレビ局のスタジオに呼びつける気なんですか？」

「場合によっては、そうなるな。われわれは、『日本世直し同盟』の考えに共鳴したんだ。いずれアメリカの腐りきった政治家、実業家、言論人も断罪するつもりだ。そのときは、日本人の同志たちが協力してくれるだろう」

グリーンアイズの大男が言った。

「あなたたちのやり方は間違ってる」

「何だと⁉」

「堕落した指導者やオピニオンリーダーがいることは確かです。しかし、暴力で相手を捩《ねじ》伏せるのはよくない。暴力《バイオレンス》は民主社会の敵だし、憎しみしか生みません」

「青臭《くさ》い理想論じゃ、汚れきった世の中はきれいにはできないっ」

「そんなことはないはずです。時間はかかるかもしれないが、人々が正義感を持ちつづけていれば、少しずつ社会はよくなるはずですよ」

「若いな。おまえ、いくつだ？」

「二十九です」

「いい年齢《とし》して、ガキっぽいことを言うな」

「あなたたちは絶対に間違ってる。すべての人質を解放して、速《すみ》やかに武器を捨てるべきです」

十勝が言いながら、すっくと立ち上がった。同僚たちは一様《いちよう》に驚いている。

所長の西村も、何か信じられないような光景を見た気がしていた。十勝は優秀な技術者だが、性格はおとなしい。これまで同僚職員と言い争いをしたことさえ、一度もなかった。

「十勝君、坐りなさい」

西村は言った。

「いいえ、坐りません。所長、ぼくの言ったことはどこか間違ってますか?」

「いや、正論だろう。しかし、いま、わたしたちは……」

「所長は何を恐れてるんです? こんな理不尽な扱いを受けて、悔しくないんですかっ」

「そう言うが、わたしたちは人質にされてるんだ。どうすることもできないじゃないか」

「ぼくは御免《ごめん》です。撃ちたきゃ、撃てばいい」

十勝は昂然《こうぜん》と言い、同僚たちを両手で掻き分け、階段の方に歩きだした。

グリーンアイズの白人が険《けわ》しい表情で、見張りの男たちに目配せした。肌の浅黒い男と東南アジア系の男が、すぐに十勝の行く手を阻《はば》む。

「二人とも、どいてくれ」

十勝が喚《わめ》いた。

次の瞬間、肌の浅黒い男がバックハンドで十勝の横っ面《よこつら》を張った。肉と骨が鈍《にぶ》く鳴る。十勝は強風に煽《あお》られたように横に吹っ飛び、同僚たちの上に倒れた。二人の見張りが十勝を摑み起こし、階下に引きずり下ろした。

「彼を、十勝をどうするんです？」

西村は緑色の瞳の男に顔を向けた。

「逆らう奴は排除しないとな」

「こ、殺すんですか⁉」

「さあな」

大男はビー玉のような瞳に残忍そうな光を宿らせた。

そのとき、集会室の隅で電話が鳴った。職員たちが、西村に縋《すが》るような目を向けてきた。

「おまえが電話に出ろ。ただし、妙なことを口走ったら、ここにいる所員たちを皆殺しにするぞ。おれの仲間たちは全員、日本語がわかるんだ。そいつを忘れるな」

グリーンアイズの男が西村に言い、電話機を指さした。

西村は所員たちの間を縫《ぬ》って、電話機のある場所に急いだ。外線ランプが瞬《また》いている。

電話の主は誰なのか。テロリストたちに覚られない方法で、なんとかSOSを伝えられないものか。西村は深呼吸してから、受話器を摑み上げた。すぐに妻の敏子《としこ》の声がした。

「西村の家内です。主人と緊急に連絡を取りたいんです。所長室の電話にはどなたも出られないので、そちらにかけたんですの」

「敏子、わたしだ」

「あなた、大変なことに……」

「何があったんだ?」

「東京のお義母《かあ》さんが危篤《きとく》状態らしいの。いま、杉並から電話があったのよ。お義母さんが高い鼾《いびき》をかいてたんで、美樹《みき》が寝室を覗いたら、もう意識がなかったんですって」

「で、おふくろはいま、どこに?」

「杉並総合病院の集中治療室《ICU》よ。智範《とものり》が救急車を呼んで、お義母さんに付き添ったらしいの」

「脳出血なのか?」

「ええ、そうらしいわ。心拍が途切《とぎ》れかけてるようだから、最悪の場合は……。すぐに家に戻ってきて！　船をチャーターしてでも今夜じゅうに鹿児島に渡って、東京行きの一番機に乗りましょうよ」

「そうしたいが……」

そこまで言ったとき、西村の首筋に冷たい物が押し当てられた。

コマンドナイフだった。すぐ後ろに、グリーンアイズの大男が立っていた。

「あなた、何を言ってるんですっ。自分の母親が危ないのよ」

「三時間ほど前に電話で言ったように、ここで大変な事故が起こって、まだ収拾のめどが立たないんだ。所長のわたしが私事で脱けるのは、まずいよ。全職員が懸命に事故原因の解明を急いでるんだ」

「でも、普通のときじゃないのよ。センターのみなさんだって、きっと理解してくださるわ」

「しかし、わたしはセンターの責任者なんだ。すまんが夜が明けたら、きみだけ種子島空港から鹿児島空港に飛んで、一番の直行便に乗ってくれ。わたしも決着がつき次《し》第《だい》、すぐに東京に向かうよ」

「仕事、仕事と真面目《まじめ》にやってきたんだから、こんなときぐらいは……」

「許されることなら、わたしだって、すぐにおふくろのところに行ってやりたいさ」

「あなたたち兄妹《きょうだい》は子供のときから、女手ひとつで育ててもらったんでしょ。こんなときに、薄情すぎるわ」

「仕方がないんだ。先に病院に行ってやってくれないか。頼むよ」

「わかりました」

敏子がよそよそしく言い、電話を切った。

西村は受話器をフックに戻し、グリーンアイズの大男を睨《ね》めつけた。男は無表情だった。

午前一時三十七分

乳房は豊満だった。

マスクメロンより、ふた回りは大きいだろう。尻も大きかった。

児玉和敬は冷《さ》めた目で、腰の上に跨《また》がった金髪の女を眺めていた。新大久保《しんおおくぼ》のラブホテルの一室である。

騎乗位《きじょうい》で腰を躍《おど》らせているのは、コロンビア人の街娼だった。マルガリータと名乗ったが、むろん本名ではないだろう。

頭髪はブロンドに染めてあるが、濃い陰毛は黒いままだった。

びっくりするほど毛深い。黒いバタフライを着けているような感じだ。肌の色はクッキーブラウンだった。スペイン人の血は、八分の一程度しか混じっていないのかもしれない。

二十分ほど前に、ハレルヤ通りで拾った娼婦だった。

マルガリータは、美人とは言えなかった。だが、グラマラスだった。それに惹《ひ》かれ、児玉はマルガリータの誘いに乗ったのだ。

今夜中にやらなければならないことがあった。

児玉はショートで遊ぶつもりでいた。しかし、午前一時を過ぎた場合は、どの客からも泊まりの料金を貰《もら》っていると言われてしまった。言われるままに、児玉はマルガリータに四万円を渡した。

相場よりも五千円高かったが、別に文句は言わなかった。珍しく懐《ふところ》は温かい。一千万円近く所持していた。

どうせなら、色白のロシア人娼婦と遊ぶべきだったか。

数年前まで、新大久保界隈《かいわい》に立つ街娼はタイ人、中国人、マレーシア人、コロンビア人ばかりだった。

しかし、いまは数十人のロシア女性が春をひさいでいる。それも女優かモデルのように美しい。まだ若く、肥《こ》えてはいない。

「あなた、疲れてる。仕事しすぎね」

マルガリータが腰を弾《はず》ませながら、少し癖《くせ》のある日本語で言った。

「下の毛も染めろよ。アンバランスだぞ」

児玉はマルガリータの言葉を無視して、まるで関係のないことを喋《しゃべ》った。

「一度、染めたことある。でも、ヘアダイで爛《ただ》れちゃった。もう、いや！　痛くて商《ビジ》売《ネス》できなかったよ」

「だったら、頭の毛も黒いままでいいじゃないか」

「日本の男、とてもブロンドが好きね。こういう髪の色だと、お客さん、いっぱいつく。それ、ハッピーよ」

マルガリータがそう言いながら、器用に腰を回転させはじめた。ペニスは抜けそうで抜けなかった。

捩《よじ》られているうちに、だんだん力が漲《みなぎ》りはじめた。

「あなた、元気になった。わたし、嬉しいよ」

マルガリータがまた向き合って、今度は上下に動きはじめた。わざと結合部分を見せ、客の欲望をそそる気らしい。

児玉はこころもち頭を浮かせ、その部分に視線を向けた。

マルガリータの秘部は、メラニン色素が濃かった。花弁は暗《あん》紫《し》色《しょく》だった。捩れ具合が淫猥《いんわい》だ。膣口はピンクだった。

児玉は一気に膨《ふく》れ上がった。

マルガリータが白い歯を零《こぼ》し、ふたたび張りのある尻を大きく旋回させはじめた。

児玉は軽く目を閉じた。

次の瞬間、瞼《まぶた》の裏にオートバイ事故で急死した同僚の横尾祐次の顔が浮かんだ。

借りた二十万円を踏み倒してしまったことが、心のどこかに引っ掛かっているのか。それとも、まだ整理されていなかった横尾の作業服と電動ドリルを使ったことで、何か心に咎《とが》を覚えているのだろうか。

なぜ、あんなことをしてしまったのか。自分の行動がよく理解できない。

それはそうと、イーグルと名乗った男は自分が借金だらけだということをどこで調べ上げたのか。ポルシェを買ったディーラーに、彼の友人がいたのだろうか。

それとも、街金《まちきん》のどこかに知人がいるのか。

児玉は半月前まで、三台の外車を所有していた。ジャガー、マセラティ、ポルシェの三台だ。

いずれもわずかな頭金を払っただけで、残金はローンだった。それぞれ七十二回払いだったが、月々の支払いは月収を大きく上回っていた。

身内、友人、知人から借金をしながら、なんとか三台の外車を維持してきたが、ついに二進《にっち》も三進《さっち》もいかなくなってしまった。消費者金融の会社で借りた金を返済に充てたが、焼け石に水だった。

泣く泣くジャガーとマセラティを外車専門の中古車業者に持ち込んだら、査定額は買い値の五分の一にも満たなかった。それでも手放すほかなかった。

街金や数人の借金をきれいにしただけで、有り金は消えてしまった。車のローンの支払いだけではなく、ワンルームマンションの家賃も滞《とどこお》らせた。

半月前からは、家賃の催促《さいそく》のうるさいマンションに戻っていない。夜逃げしたことが発覚して、会社に連絡が入るのも時間の問題だろう。

いまは唯一の財産のポルシェを塒《ねぐら》にしていた。

食事代にも事欠《か》く暮らしで、一日一食で凌いでいる始末だ。

われながら、情《なさ》けない。しかし、もはや金策の当てはなかった。いまさら親兄弟の家には転がり込めない。

せめて安アパートでも借りたかった。それでも礼金、敷金、前家賃、寝具などで六、七十万円は必要だろう。駐車場も借りなければならない。

しかし、金の入る当てはなかった。

イーグルが接近してきたのは三日前だった。ちょっとした手伝いをするだけで、二千万円もくれるという。危ない橋であることはわかっていたが、二つ返事で頼まれ事を引き受けてしまった。

それにしても、おかしな頼まれ事だった。

まず、スタジオのスケジュールや局内の構造を教えてくれと言われた。次に、イーグルを含めて四人の男を美術道具に紛《まぎ》れ込ませて局内に入れた。そして二階の資料室の天井に電動ドリルでダイナマイト一本分の太さの穴を開けた。資料室に入ってきた捜査員らしい者を命令通りにスタンガンを使って意識を失わせた。

それだけの仕事で、二千万円を貰えるのか。すでに半分の一千万円は貰っているから、嘘ではないのだろう。

後は所定の場所にパラ・プレーン一機のユニットを置くだけで、残りの一千万円が振り込まれる。悪くないアルバイトだ。

数日中には、ちょっと洒落《しゃれ》たマンションを借りることができるだろう。

イーグルは三人の仲間と一緒に電波ジャックをし、ある超大物政治家の悪事を暴《あば》くと言っていた。

会社は慌てるだろうが、自分にはどうでもいいことだ。

東都テレビがどうなっても、知ったことではない。ポルシェさえ維持できれば、世の中が引っくり返ってもかまわない。

児玉はマルガリータの下で、ぼんやりと考えつづけた。

「あなた、ほんとに疲れてるみたい。また、パワーがダウンしてる」

「降りていいよ」

「え？」

「もうやめよう」

「それ、困るよ。わたし、もうお金貰ってる」

マルガリータが言った。

「金を返せとは言わない」

「ほんとに？」

「自分のアパートに帰って、ゆっくり寝なよ。おれ、今夜は無理そうなんだ」

「まだ若いのに……」

「まあ、いいさ」

児玉は肘《ひじ》を使って、半身を起こした。マルガリータが離れ、浴室に足を向けた。

児玉はスキンを外し、ベッドから降りた。

午前一時五十分

長い沈黙がつづいていた。

部屋の空気が重苦しい。稲田は、丸山専務と向かい合っていた。専務室のソファセットだ。

「専務、どうします？」

「やむを得ん、生放送させよう」

「よろしいんですか」

「政府からの要請はあったが、四人組の仲間が本橋首相を監禁してるんだ。仕方がないだろ！」

丸山が突っかかるような口調で言い、総白髪《しらが》の頭を小さく振った。

「会長、社長、副社長のお三方のオーケーを貰わないと、後で問題になるんじゃありませんか」

「きみは、お年寄りたちを殺す気なのかっ」

「殺す⁉」

「そうだ。会長たち三人に事件のことを告げたら、ショック死しかねないじゃないか」

「ええ、確かに。それでは、専務が最終的には責任を持ってくださるわけですね」

「ああ、やむを得ん」

「専務は、警視庁機動捜査隊隊長の麻生という方とお知り合いでしたでしょ？」

「ああ、それほど親しいわけじゃないがな」

「その方に頼んで、こっそり『SAT』のメンバーに来てもらったほうがいいんじゃないでしょうか。極秘戦闘班の三人だけじゃ、人質の救出は難しいと思うんですよ」

稲田は言った。

「麻生隊長の話によると、極秘戦闘班の三人はとても優秀らしい。これまでも、大きな事件をスピード解決してるそうだ」

「しかし、彼らが駆けつけてから、もう四時間近くも経過してます。本当に三人は、優秀なんですかね」

「十五人の人質がいるんだ。そう簡単に救出はできんだろう。『SAT』の出動要請は、もう少し待つべきだな」

丸山が言って、茶色い葉煙草《シガリロ》に火を点けた。

稲田は不満だったが、異論を唱《とな》えることは控えた。

「きみは物事を悲観的に考えるタイプのようだが、考えてみれば、今度のことは必ずしもデメリットだけじゃない。電波ジャックのことは当然、新聞や雑誌、それからライバルのテレビ局も派手《はで》に取り上げるだろう」

「それは、もう……」

「事件が解決したら、すぐに特別報道番組を組みたまえ。もちろん、局は被害者として同情を買う形のな。それに、もし本橋総理の件がクロなら、それも矛先《ほこさき》を躱《かわ》す材料に使えるだろう。いずれにしても、視聴率は開局以来の高い数字が取れるはずだ」

「ええ」

「そうなれば、新たな番組スポンサーを獲得できるかもしれんじゃないか」

「おっしゃる通りですね」

「人質の救出はプロたちに任《まか》せて、きみは特別報道番組の構成を考えてくれ。場合によっては、十二時間ぶっ通しでもかまわん。どのスポンサーも、かえって喜ぶだろう」

丸山が言った。

「さすが専務ですね。骨の髄《ずい》までテ、レ、ビ、屋でいらっしゃる」

「テレビ屋の本質は、ハイエナだからな」

「いいことをおっしゃる。なんだか気持ちが少し明るくなってきましたよ。八スタの岩城君に生放送のゴーサインを出したら、すぐに特別報道番組の構成を練《ね》りはじめます」

稲田はソファから立ち上がった。

午前二時十三分

巨大な特殊トレーラーが停《と》まった。

種子島宇宙センターの構内道路だ。大崎射場の外れだった。

特殊トレーラーは宇宙センターの車だ。

大崎射場はかつてセンターの中心だった地域で、N－IからH－Iまで人工衛星を載せた数多くのロケットが飛び立った場所である。

近くにある大崎発射管制棟《ブロックハウス》の建物は、すっぽりと土に覆《おお》われている。まるで小山のようだ。

ロケットの発射当日には、このブロックハウスに百人前後の技術者が籠り、指令管制棟からの指示で、推進剤充填《じゅうてん》などの操作をしていた。

H－Ⅱロケットから、指揮の機能は竹崎指令管制棟に移っている。打ち上げも、吉信射点で行なわれていた。

黄色い特殊トレーラーの高い運転台から、三つの人影が降りた。

三人の男たちは外国人だった。バトルスーツの上に、防寒コートを重ねている。いずれも、短機関銃《サブマシンガン》を手にしていた。

男のひとりが大型の懐中電灯を高く掲《かか》げ、ライトを点滅させた。

一分ほど経《た》つと、海側からくすんだ緑色の大型ヘリコプターが飛来してきた。ヘリコプターは、太いワイヤーでコンテナを吊《つ》り下げていた。

コンテナは黒っぽい色だった。大型国産自動車がすっぽり収まりそうな大きさだ。

ヘリコプターのローター音は、きわめて小さかった。エンジン音も低い。

機は徐々に高度を下げながら、ゆっくりと近づいてくる。

特殊トレーラーの上空でさらに高度を下げ、ホバリングに入る。ほどなくコンテナが、特殊トレーラーの荷台に静かに降ろされた。

三人の男が凄《すさ》まじい風圧に耐えながら、ワイヤーの先端をヘリコプターのフックから外した。

機はすぐに上昇し、暗い沖合に戻っていった。

男たちは慌ただしく特殊トレーラーに乗り込んだ。トレーラーはじきに動き出し、吉信射点の方に向かった。

水平線の向こうには、船籍不明の大型貨物船が碇泊《ていはく》していた。

午前二時二十分

闇《やみ》が濃い。

麻生警視正は、嵌《は》め殺しのガラス窓から外を眺めていた。人も車も見当たらなかった。機動捜査隊の部屋である。本部庁舎の五階だ。

郷原からの連絡で児玉の自宅マンションに向かった隊員からは、さきほど報告があったばかりだった。

オフィスには、直属の部下たちが二十人ほど待機していた。郷原から掩護隊《えんごたい》の出動要請があれば、機動捜査隊の特殊班や『ＳＡＴ《サット》』のメンバーをただちに動かせる態勢は整っていた。

だが、麻生はＳ　Ｐ《セキュリティー・ポリス》の塙朗と無線交信したときから、何か気持ちが落ち着かなかった。

塙の応答そのものは、別におかしくはなかった。

ただ、声がくぐもっていた。鼻声というよりも、胸を圧迫されているような声だった。俯《うつぶ》せになっていたのか。そんな姿勢で受け答えをするとは考えられなかった。もしかしたら、塙は何者かに俯せになることを強《し》いられていたのかもしれない。そうだったとしたら、本橋首相たち視察団の一行はテロリスト集団の手に落ちた可能性がある。

麻生は窓辺から離れ、ふたたび種子島宇宙センターにいるＳＰに無線連絡を取った。先方の応答はない。諦《あきら》めかけたとき、塙の声で応答があった。やはり、くぐもり声だった。

「麻生だ。すぐに応答がなかったが、交代で仮眠をとってたのかな」

「は、はい。そうなんです」

「そちらのアクシデントのことが気になったもんでね」

「まだ事故原因がはっきりしないんです。収拾には、まだまだ時間がかかりそうですね」

「そうか。本橋首相や中根文科大臣、それからＪＡＸＡの的場理事たちも、きみの近くにいるんだな？」

「はい。総理たちはさすがにお疲れの様子で、仮眠をとられています」

「塙君……」

麻生は声をひそめた。

「何でしょう？」

「緊急事態なんじゃないのか。え？」

「センターの事故のことでしょうか」

「いや、視察団の一行がアクシデントに見舞われたのではないのかね」

「ああ、そのことですか、何もありませんよ。それはそうと、また、いつか鯛釣《たいつ》りに誘ってください」

塙が唐突に言った。どうやら近くに、交信内容を聞かれたくない人物がいるらしい。

「鯛釣りか。そのうち、正月用の真鯛を釣りに行こう」

「ええ、ぜひ誘ってください」

「なんだか声に元気がないな。どうした？」

「こっちでご馳走《ちそう》を食べすぎたらしくて、ちょっと腹の具合がよくないんです」

「薬は服《の》んだのか？」

「ええ。それでも痛みが和《やわ》らがないんで、さっきから俯せに寝てるんです。こうしてると、気のせいでしょうか、少し楽なんですよ」

「俯せになってるのか。とにかく早く元気になって、要人たちの警護に専念してくれ。妙な時刻に電話をして、迷惑をかけたね」

麻生は交信を打ち切った。

塙が脈絡のない話題を口にしたのは、それとなく異変が起こったことを伝えたかったからだろう。本橋たち一行は、宇宙センターのどこかに監禁されているのではないのか。

麻生は鹿児島県警本部機動捜査隊に電話をかけ、種子島宇宙センターの警備に当たっている警官たちのことを訊いた。当直の隊員によると、警備の者たちはセンター内で事故処理の手伝いをしているという話だった。

麻生は訝《いぶか》しく思い、宇宙センター基地の様子を探ってほしいと頼んだ。当直の隊員は、すぐさま種子島にいる警備隊の隊長に連絡をしてみると約束してくれた。

麻生はソファに坐り、パイプ煙草をくゆらせはじめた。どうにも落ち着かなかった。

無意識に、指先でソファのアームの部分を叩《たた》いていた。

鹿児島県警本部の機動捜査隊員から連絡があったのは、およそ五分後だった。

「隊長の話ですと、固体ロケット試験棟でちょっとしたアクシデントがあったそうですが、事件性のあるような出来事は何も起きていないという話でした」

「本橋首相の一行は、どうしておられる？」

「センター事務所のある管理棟のゲストルームで、事故の収拾を待たれているとのことでした」

「現場の状況は？」

麻生は問いかけた。

「管理棟の先の構内道路は、事故処理のために通行止めになっているそうです」

「そうか」

「何かご不審な点でも、おありなんでしょうか？」

宿直の隊員が問いかけてきた。

麻生は言葉を濁《にご》し、警察電話を切った。

警察は外部に対しては一丸《いちがん》となって立ち向かうが、各都道府県警の縄張り意識は強い。他道府県の捜査協力に文句をつけることはタブーだった。

一度でもクレームをつけたら、二度と快くは捜査の協力をしてくれなくなる。

麻生は鹿児島県警本部長に直《じか》に電話をかけたい気持ちを抑《おさ》え、またパイプ煙草を吹かしはじめた。

何度か深く喫いつけたとき、郷原から電話がかかってきた。

「児玉の件、いかがでした？」

「ああ、少し前に児玉のマンションに向かった隊員から連絡があってね。ここしばらく、自宅に戻っている様子はないようだな」

「そうですか。ところで、間もなく東都テレビは犯人グループに告発の生放送をさせるそうです。いま、稲田制作局長がそう言ってきました」

「仕方がないだろう」

「ええ」

「しかし、なぜ急にイーグルたちに屈する気になったんだろうか」

麻生は言った。

「わたしも、そのことに少し引っ掛かりました。それで、稲田局長にそのあたりのことを突っ込んで訊いてみたんですよ。しかし、これ以上、人質たちに辛《つら》い思いをさせたくないという優等生的な返答しか……」

「いろいろ小細工を弄した局長が殊勝《しゅしょう》なことを言うね。東都テレビは、もはや逃げられない状況に追い込まれたんではないだろうか」

「と言いますと、やはり……」

「おそらくね」

「本橋首相一行が拉致されたのか」

勘《かん》のいい郷原が呻《うめ》くように言った。

麻生は、ＳＰの塙朗に二度連絡したことや彼の様子が普通でなかったことを詳《くわ》しく語った。

「おっしゃるように彼が唐突な話をしたのは、事件発生を伝える暗号と考えてよさそうですね」

「ああ。イーグルの仲間たちは種子島で本橋首相の一行を拉致し、東都テレビに告発の生放送を強く迫ったと考えていいだろう」

「ええ。充分に考えられることですよね。その通りだとしたら、恐るべきテロリストグループだな。塙君たち優秀なＳＰを四人も押さえ、本橋首相の一行をやすやすと拉致したわけですからね」

めったに物に動じない郷原も、さすがに驚いた様子だった。麻生自身も内心、かすかなたじろぎを覚えていた。

「鹿児島県警に偵察に行ってもらっては？」

「実は、さきほど県警本部に電話したんだよ」

「それで、どうだったんです?」

郷原が問いかけてきた。

麻生は電話で受けた報告をそのまま伝え、郷原に言った。

「わたしの隊の者を何人か種子島に向かわせたほうがいいかもしれんな」

「警視正、それはもう少し待っていただけませんか」

郷原が言った。

「下手《へた》をしたら、隊員たちもテロリスト集団の手に落ちてしまうでしょう。先に四人組のリーダーのイーグルを押さえてから、種子島に乗り込むべきだと思います」

「そうするか。急《せ》いて事をし損じたら、本橋首相たちの身が危なくなる」

「ええ」

「後で、東都テレビの丸山専務に探りを入れてみよう。ところで、救出作戦の準備は整ったのかな?」

「ええ。中断してる催涙ガス弾狙撃作戦を基本にして、新たに第八スタジオの電源を切ることも考えています」

「催涙ガスの充満したスタジオが真っ暗になったら、犯人グループはかなり焦るだろう。しかし、人質にも恐怖心を与えるね」

麻生は言った。

「その点が不安なんですよ。人質たちがパニックに陥《おちい》ったら、犯人グループは短機関銃や拳銃を乱射するかもしれません」

「そうだろうな。それで人質に死傷者が出てしまったら、元も子もない」

「おっしゃる通りです。ただ、これまでの犯人たちの動きを見ていると、凶暴なのはイーグルだけです。ラビット、ドッグ、ベアの三人は、まだ一発も発砲してません。おそらく三人とも、生まれて初めて拳銃を握ったんでしょう」

「それなら、人質たちがパニック状態になっても、その三人は銃器を使わないな。というよりも、使えないだろうね」

「ええ、そう思います。暗視スコープ付きのスナイパーライフルが使えればいいのですが……」

「しかし、エアダクトから狙《ねら》うとなると、銃口の角度が制限されてしまうね？」

　麻生は言った。

「そうなんですよ。暗視双眼鏡をベルト止めして、やはり、ハンドガンを使ったほうが確実でしょう」

「わたしは、そのほうがいいと思うね」

「では、そうします。それから内通者の件ですが、もし児玉がそうなら、やはり犯人グループは脱出ルートを確保していると思うんです。何とかそこを押さえられればと

「……」

「確かに、脱出ルートを見つけ出して、逃げてくる犯人たちを生け捕《ど》りにできれば、それに越したことはないんだがな」

「ええ、理想的なパターンですね」

「どの作戦を選ぶかは、きみの判断に任せよう」

「わかりました」

「うちの隊員や『SAT』のメンバーは、いつでも飛び出せる。必要になったら、声をかけてくれたまえ」

「はい」

「では、健闘を祈る」

麻生はフックを押し、東都テレビの丸山専務に電話をかけた。遠回しに探りを入れてみたが、丸山は肝心《かんじん》なことは何も語ろうとしない。

どうやら丸山専務は、イーグルの仲間に何か口留めされているようだ。

麻生は執拗《しつよう》な質問は避け、ほどなく電話を切った。

午前二時三十一分

スタジオの照明が灯った。

だが、薄暗い。使えるライトは三つしかなかった。後はイーグルに撃ち砕《くだ》かれてしまったのだ。

「最初の告発者は誰なんです？」

岩城は足の痛みを堪《こら》えながら、仕切り壁に背を預けているイーグルに声をかけた。

イーグルの横には、氷室香奈恵たち八人の女性歌手が坐らされていた。全員、ランジェリー姿だった。どの顔も憔悴《しょうすい》の色が濃い。

浦上早希と吉岡マリは、虚《うつ》ろな目をしていた。長いこと恐怖と不安にさいなまれ、思考力が鈍ってしまったのかもしれない。

「おまえがやれ」

イーグルがラビットに命じた。

ラビットが緊張した顔でうなずき、中央のメインカメラの前に立った。両側のカメラは、すでに所定の位置に据《す》えられていた。

「映りはどう？」

岩城は、メインカメラを操作中の室生久彦《むろおひさひこ》に訊いた。まだ三十歳前だが、かなり頭髪が薄い。

「照明が暗いから、ちょっと厳しいっすね」

「できるだけ引いて、アップでいこう」

「いいんすか？　後で面倒なことになるんじゃないんっすかね」

「気にするな。上層部のオーケーが出たんだから」

岩城は室生に言って、合図《キュー》を送った。

「突然、こんな恰好《かっこう》のわたしが画面に登場したので、みなさん、驚かれたことでしょうね」

ラビットが語りはじめた。岩城は耳を傾けた。

「実はわたし、三人の仲間と一緒に東都テレビの第八スタジオを占拠しています。もちろん、こうした行為がいいこととは思っていません。しかし、やむにやまれぬ気持ちから、電波を私物化させてもらったわけです」

ラビットの声は、ひどく聴《き》き取りにくかった。岩城はフェイスキャップを外せと身振りで告げた。

ラビットは短く迷ってから、フェイスキャップの裾を鼻のあたりまで捲《まく》り上げた。珍奇な恰好になったが、言葉ははっきりするだろう。

「どうも見苦しいとこをお見せしてしまいました。話をつづけます。実はわたし、この夏まで製薬業界の最大手の武山薬品工業《たけやま》の社員でした。会社と超大物政治家の不適切な関係を内部告発しようとしたため、不当解雇されてしまったのです」

ラビットが、いくらか間《ま》を取った。

「超大物政治家というのは、現首相の本橋昇一郎のことです。本橋は厚労大臣時代から、ずっと武山薬品工業から毎年数十億円の闇献金《ヤミ》を受け取っていました。ご存じの方も少なくないと思いますが、医薬品業界は製造から小売りに至るまで、許認可《きょにんか》で厚労省に首根っこを摑まれています。そんなことで、この業界は政治力に期待する傾向が強いんです」

ラビットが、またもや言葉を切った。

「そういう体質を知り尽《つ》くしているのが、いわゆる〝厚労族〟と呼ばれている連中です。ここで、一例を挙げましょう。よく売れる新薬を開発すると、製薬会社は年間百億円以上の売上げになります。いい商売です。メーカーは他社との競争に勝つためには、一日でも早く新薬の承認を得たいわけです。それから、薬価が少しでも高く設定されることを望んでいます。薬価が数十円違うだけで、売上げ高は大きく変わりますからね」

ラビットが微苦笑し、言い重ねた。

「そんな背景があって、製薬会社は厚労相経験者や厚労省ＯＢの政治家たちに、せっせとヤミ献金をしてるわけです。現在、〝厚労族〟は九十七人います。その中で、最もあこぎなのが本橋です。本橋は武山薬品工業、五共《ごきょう》、竹之内《たけのうち》製薬といった大手だけではなく、中小のメーカーにも袖《そで》の下を要求してるんです。製薬会社だけにヤミ献金をせびるなら、まだ赦《ゆる》せます。しかし、本橋は薬卸《おろし》や小売業者からも、不正な金を貰ってるんです。泣かされている企業は、約二百五十社にものぼります」

サイドのカメラが、ラビットの横顔を捉《とら》えた。三カメだった。

「絵は、ちゃんと茶の間に届いてるでしょうね？」

岩城はスタジオのモニターを観ながら、主調整室にいる稲田に小声を送った。送信マイクは、小梅ほどの大きさだった。

「心配するな。ちゃんとネット局の画面にも届いてるよ。それより、ラビットの話をどう思う？」

「前回と一緒で、別に首相の不正の証拠を見せられたわけじゃありませんから、いまのところは……」

「そうだよな」

「しかし、告発が確実だとしたら、れっきとした犯罪ですよね」

「若いね、きみは。この国に手の汚れていない政治家などはひとりもいないさ」

稲田の声がレシーバーから消えた。

岩城はイーグルに目を向けた。イーグルは左肩にサブマシンガンを掛け、じっとラビットの横顔を見つめていた。

「本橋は、実に欲の深い男です。製薬会社、薬品問屋、調剤薬局からヤミ献金を集めているだけではなく、それぞれの政治団体からも献金を受け取ってるんです。また、本橋は自分の私設秘書たちの給料も大手製薬会社に肩代わりさせています。一国の総理大臣がマフィアの大ボスのような悪行をしてるなんて、とても赦せることではありません。わたしは本橋と武山薬品工業の醜《みにく》い関係に目をつぶることができませんでした。それで、東京地検の特捜部に告発しようとしたんです。しかし、わたしの手紙は証拠の書類と一緒に握り潰《つぶ》されてしまいました。本橋が裏で手を回したにちがいありません。わたしは不当解雇されましたが、このまま負け犬では終わりません。会社の重役や本橋が逮捕されるまで、とことん闘います」

ラビットが叫ぶように言って、カメラフレームから外れた。

すぐに今度は、ドッグがメインカメラの前に立った。ラビットと同じように、ドッグもフェイスキャップを鼻まで捲《めく》り上げた。顔から自分の身許が判明しても、かまわないと覚悟しているのだろう。

「ぼくも、本橋を赦せない人間のひとりです。ぼくの三つ違いの兄は、この春に轢《ひ》き逃げ事件で死にました。兄はフリージャーナリストで、本橋のヤミ献金のことを取材してました。兄は死んだ晩、本橋の公設第一秘書の角邦憲を尾行していました。その数日前に、角が竹之内製薬の社員から段ボール箱に詰まった裏献金を受け取ったところを隠し撮《と》りしてたからです。兄は、角秘書が別の製薬会社からも裏金を受け取ると考えたわけです」

ドッグがいったん言葉を切り、すぐに言い継《つ》いだ。

「兄は角を尾《つ》けているとき、無灯火の四輪駆動車に撥《は》ねられました。即死でした。轢き逃げ犯は、いまも逮捕されていません。後でわかったことですが、その事件当夜、兄のアパートの部屋が何者かに物色されてたんです。取材メモと隠し撮りした写真のデータが盗まれていました。確たる証拠はありませんが、ぼくは本橋が誰かに命じて兄の命を奪ったんだと思っています」

ドッグの垂《た》れ気味の目に涙がにじんだ。

全員、複雑な表情でドッグの顔を見ていた。イーグルだけは無表情だった。

「すみません。兄のことを思い出したら、急に……」

ドッグが涙を拭《ぬぐ》って、一礼した。

三番目にメインカメラの前に立ったのは、がっしりとした体軀《たいく》のベアだった。明らかに緊張している。一度、深呼吸をした。

「おれの、いいえ、わたしの実の姉は八年前に排卵誘発剤の副作用で肺水腫《はいすいしゅ》を併発し、二十九歳で亡《な》くなりました。不妊治療中の姉にゼネラル薬品がドイツの製薬会社と共同開発した排卵誘発剤を投与したのは、れっきとした大学病院でした」

ベアが言葉を切り、大きな溜息《ためいき》をついた。

「その排卵誘発剤で、実に三十六人の患者が死んでしまったんです。薬害事件は昔からスモン、サリドマイド、クロロキン、ソリブジンと断続的に発生し、血液製剤によるＨＩＶ薬害も社会問題になりました。このような薬害は、厚労省の許認可がいい加減だったために起こったんです。医薬品の副作用のチェックを厚労省が怠《おこた》っていなければ、悲惨な薬禍《やっか》が繰《く》り返されるはずはないんですよ。なぜ新薬や輸入医薬品のチェックが甘いかは、みなさん、よくご存じでしょう」

ベアが、また間を取った。

「そうです。製薬会社や医薬品輸入商社が厚労族の大物政治家に、たっぷり鼻薬をきかせてるからです。ヤミ献金を貰った代議士どもは、後輩に当たる厚労省の幹部たちに有形無形の圧力をかけて、チェックに手心を加えさせてるんです。厚労省の汚職役人どもも、製薬会社や医薬品輸入業者たちから平気で袖の下を貰ってます。金を貰うだけじゃありません。銀座《ぎんざ》や赤坂の超高級クラブやゴルフに接待され、クラブセット、高級車、リゾートマンションも貰ってます。高級娼婦を抱いてもいます。海外旅行の招待も受けてます」

ベアは舌の先で、唇を湿《しめ》らせた。

「製薬業界、厚労省の汚職官吏、厚労族の国会議員たちが黒い糸で結びついてるうちは、薬禍は絶対になくならないでしょう。姉が死んだときの厚労大臣は、本橋昇一郎でした。わたしの調査によると、本橋が薬害の元凶《げんきょう》になった排卵誘発剤の許認可を急がせていたことは間違いありません。したがって、わたしの姉は本橋に間接的に殺されたようなものです。薬害をもたらした製薬会社の刑事責任が最近になって問われるようになりましたが、本橋たち百人近い族議員も同罪です。わたしは姉に代わって、現首相を八つ裂きにしてやりたい気持ちでいっぱいです。二部のほうで、本橋の、いいえ、多くの族議員の悪行の数々の証拠を、別の仲間が発表することになっています」

三人目の告発は、そこで終わった。

岩城はイーグルに顔を向けた。イーグルがつかつかと歩み寄ってきて、小声で告げた。

「これで、一部は終了だ。カメラを止めさせろ」

「やっぱり、二部に分けるんですか」

「ああ。二部は、おれの独演会だ。おれは、本橋の致命的な悪事の証拠を掴んでるんだよ。そいつをテレビで暴いてやる。ひとまず休憩だ」

「わかりました」

岩城は短く答え、スタッフたちに目配せした。

午前三時四分

画像が変わった。

画面には、番組終了のパターンが映し出された。チャンネルは、南九州テレビに合わされている。

シャークは遠隔操作器《リモート・コントローラー》を使って、食堂棟特別室のテレビのスイッチを消した。

本橋首相はテーブルに向かい、忙《せわ》しげに煙草を喫っている。憮然《ぶぜん》とした顔つきだった。

真向かいに坐っているJAXAの的場理事は、下を向いていた。首相秘書の角と中根大臣の秘書の後藤は、叱られた子供のようにうなだれている。

四人のSPは俯せのままだ。中根大臣の死体はテレビのそばに転がっている。青い目の白人男はテーブルの端に腰かけ、ガムを噛んでいた。

「あんたも、おしまいだな」

シャークは本橋に言った。

「さっきの三人が言ったことは、悪質な中傷だ」

「相変わらず、負けん気が強いな。小柄な奴は、どうしても気が強くなる。あんたは、その典型だな」

「きみらのバックにいるのは、新栄党《しんえい》の大沢進一《おおさわしんいち》なのかっ」

「大沢？　ああ、あんたのライバルと言われてきた男だな」

「どうなんだ？」

本橋が煙草の火を消し、腕を組んだ。

「腐った政治屋のロボットになるほど堕落してない。おれたちは、本気で世直しをしたいと思ってるんだ。見くびるんじゃないっ」

「黒幕が大沢じゃないとしたら、民自党《うち》の河野川《こうのかわ》だな。あいつは首相の座に就きたくて、うずうずしてたが、結局、総理大臣にはなれなかった」

「聞こえなかったのか。おれたちの後ろには、政治屋なんかいないと言ったはずだ」

「それじゃ、創明会《そうめい》を牛耳《ぎゅうじ》ってる名誉会長の浜田耕作《はまだこうさく》だな。浜田は新栄党の大沢をうまく利用して、政治的な野望を遂《と》げたがってる。絶倫男の浜田なんだな。くそっ」

「くそは、あんただ。政界引退のときの挨拶《あいさつ》をいまから考えておくんだな」

シャークは皮肉たっぷりにからかった。

「わたしは卑劣《ひれつ》な連中には負けんぞ」

「さっきの三人の告発者は、いわば前座だよ。後で真打ちがテレビに現われ、切札《きりふだ》を見せてくれる」

「まだ、くだらんことをつづける気なのかっ。ばかばかしい。あんな生放送で、国民が動揺すると思ってるのかね？　そうだとしたら、きみらはおめでたいな。国民は、もっと賢いよ。根拠もない中傷をまともに信じるものか」

「おれたちは、あんたの悪事の証拠を握ってる。そいつを切札に使おうってわけだ。あんたが失脚することは間違いない」

「ばかばかしくて、まともに喋る気にもなれん」

本橋は瞼を閉じ、口を引き結んだ。髪は少し乱れていた。

シャークは薄く笑って、食堂棟の外に出た。

トランシーバーを取り出し、別の棟にいるサブリーダーのイタリア人に連絡を取った。

「おれだ。そっちは別に問題はないな」

「ああ。すべて順調さ。雨が降りそうだが、何とか最短のスケジュールでいけそうだ」

「それじゃ、予定の行動をとってくれ」

「了解！」

「何かあったら、すぐに連絡をくれ」

「わかった」

交信が終わった。

シャークはほくそ笑《え》み、特別室に戻った。腹這《はらば》いになっている四人のSPが一斉《いっせい》に憎々しげな目を向けてきた。

シャークはSPたちに近づいた。四人の腰の上で、軽くジャンプしはじめる。右端にいる塙という男の腰に乗ったときだった。

急に塙が体を半回転させた。シャークは虚《きょ》を衝《つ》かれ、不覚にも尻餅《しりもち》をついてしまった。

塙が腰をスピンさせ、両足で蹴《け》りを浴びせてきた。シャークは、素早く片肘で体を支えた。

すかさず片方の脚《あし》を高く上げ、塙のこめかみに踵《かかと》を落とした。得意の脳天割りだ。

塙が体をくの字に折り、長く呻いた。コヨーテという暗号名《コードネーム》を持つ青い瞳の男が駆け寄ってきて、自動拳銃の銃口を塙の口の中に突っ込んだ。

塙が喉《のど》を軋《きし》ませた。

「こいつじゃ、味も素っ気もないだろう。おれの男根《ディック》をくわえてみるかい？」

コヨーテが言った。冗談めかした口調だったが、傭兵《ようへい》崩れの彼は両刀遣《バイセクシュアル》いだ。

「退屈しのぎに、そのSPと遊んでもいいぜ」

シャークはコヨーテに言って、ゆっくりと立ち上がった。同時に、塙の腰を蹴りつけた。

靴の先は深く埋まった。

塙が銃身をくわえたまま、いかにも苦しそうに唸《うな》った。コヨーテがにたついて、塙の引き締まった尻を粘《ねば》っこい手つきで撫で回しはじめた。

午前三時十二分

東都テレビは大騒ぎになっていた。

視聴者からの電話がひっきりなしにかかり、ファクスによる問い合わせや抗議も続々と寄せられた。説明を求めるネット局からの電話も、次々にかかってきた。首都圏の警察署からの問い合わせも殺到した。

新聞社、雑誌社、他局の人間は直接、東都テレビにやって来た。局員たちは、上司の指示通りに、手違いでバラエティー番組の録画ビデオが流れてしまったと言い繕《つくろ》った。

丸山専務と稲田制作局長は、外部の者に事実を告げる気でいた。しかし、警視庁の郷原に強く窘《たしな》められ、電波ジャック事件を伏せざるを得なくなってしまったのだ。

お詫《わ》びのテロップを流したら、イーグルたちが黙っていないだろう。

局は手の打ちようがなかった。視聴者からの問い合わせは、いっこうに途絶《とだ》える気配がない。

対応に追われる局員たちは、誰もが汗ばんでいた。

午前三時十九分

首相官邸の会議室の空気は、一段と重苦しくなっていた。

まさかと思っていた告発の生放送が流されたからだ。閣僚たちは、東都テレビの不誠実さを非難した。しかし同時に、ほっと胸を撫で下ろしてもいた。

告発の内容が、不正の確たる証拠を提示したものではなかったからだ。

だが、三人目の告発者が最後に言った『二部で、多くの族議員の悪行の数々の証拠を発表する』という言葉に、一部の閣僚は新たな不安に襲われていた。厚労省と深い繋《つな》がりのある閣僚たちだ。

自分の不正も暴かれるのではないかと塞ぎ込む大臣もいた。早く首相を奪回しないと、自分も断罪されるかもしれないという強迫観念にとりつかれる者もいた。

何人かの閣僚が本橋首相一行の救出案を出したが、どれも魚住防衛大臣に一笑に附《ふ》されてしまった。

そのつど、場は白《しら》けた。しかし、魚住の強硬案を捩伏せるような妙案は、どの閣僚からも出されなかった。

椎名幹事長と赤座法務大臣は何度も顔を見合わせ、溜息をつき合った。時には、肩を竦《すく》め合った。

第四章　死角の凶行

午前三時二十分

電話はついに繫《つな》がらなかった。

山内は諦《あきら》め、受話器を置いた。自宅の居間である。

本橋事務所から帰宅したのは午前二時過ぎだった。ベッドに潜《もぐ》り込んだが、本橋の安否《あんぴ》が気掛かりで容易に寝つけなかった。

妻の澄代《すみよ》は、かたわらで規則正しい寝息を刻《きざ》んでいる。その音が耳障《ざわ》りだった。

山内はそっと寝室を抜け出し、居間に移った。何気なくテレビのスイッチを入れると、黒いフェイスキャップを被《かぶ》った男が興奮した様子で本橋を非難していた。

その男は、武山薬品工業を不当解雇されたと憤《いきどお》っていた。次にカメラの前に立った若い男は、兄の死に本橋が関与していると匂わせた。三番目の男は、厚労族議員たちを声高《こわだか》に詰《なじ》った。

山内は最初、三人を風刺《ふうし》コントグループの面々かと思った。しかし、男たちはぼけ、も突っ込みも演じなかった。

それで、三人が電波ジャッカーズであることに気づいた。そのとたん、体に震《ふる》えが走った。電波の影響力は大きい。男たちの話が単なる中傷でも、本橋のイメージが汚れることは確実だ。

それにしても、ひどい中傷だった。

山内は怒りを覚えながら、リビングのソファに腰かけた。暖房が効《き》きはじめていた。パジャマ姿だったが、それほど寒さは感じなかった。

山内は埼玉県の大宮《おおみや》市出身だった。父は二十年近く市会議員を務《つと》め、十一年前に他界した。山内は亡父の影響もあって、大学生のころから政治家を志《こころざ》していた。大学は、本橋の出身校だった。

山内は大手ビール会社に二年ほど勤《つと》め、本橋の私設第五秘書になった。本橋は二世議員だが、尊敬に価《あたい》する政治家だった。

山内はひたすら本橋に仕《つか》え、二年前に公設第二秘書に昇格した。将来は県会議員選に出馬する気でいる。

本橋首相は確かに厚労省との繋がりが深い。政治資金規制法の改正により税金による政党助成が行なわれ、企業・団体からの議員向け献金が大幅に制限される前までは製薬業界からの政治献金も多かった。

しかし、それらの献金はどれも堂々と表に出せるものだった。本橋が巨額のヤミ献金を受け取っていたという男たちの話は、どうしても信じられない。

ただ、少し気になることもあった。

公設第一秘書の角邦憲は、羨《うらや》ましくなるほど贅沢《ぜいたく》な暮らしをしている。とても給料だけでは、あのようなリッチな暮らしはできないはずだ。

角は、資産家の息子ではない。妻が親の財産を相続したという話も聞いたことがなかった。

告発者のひとりが言っていたように、角はヤミ献金の受け取り役を引き受けていたのだろうか。汚れ役の代償として、本橋から特別手当を貰《もら》っていたのか。

そう考えれば、公設第一秘書の分不相応《ぶんふそうおう》な暮らしも納得できる。

それとも、角は公設第一秘書である立場を利用し、献金の一部を着服しているのだろうか。

彼は若いころは山内と同じように、政治家になることを夢見ていた。だが、最近は自分の夢を語らなくなっている。夢を捨てた代わりに、金銭を追う気になったのだろうか。

山内は煙草《たばこ》に火を点《つ》け、考えつづけた。

いつだったか、角は酔った勢いで自分は先生の弱点を押さえていると洩《も》らしたことがあった。あれは、本橋が世話をしている赤坂の割烹《かっぽう》の美人女将《おかみ》のことだったのか。それとも、中国政府高官夫人との火遊びのことだったのだろうか。

女性関係のスキャンダルは致命傷にはならない気がする。だとすると、ヤミ献金のことなのかもしれない。

事務所には、角にしか開けられない金庫がある。あの金庫の中に、疚《やま》しい金や預金証書が入っているのか。

それとなく調べてみる必要がありそうだ。

それはともかく、告発者たちは東都テレビのスタジオを占拠し、居《い》合わせたスタッフやタレントを人質に取ったのだろうか。しかし、それだけでテレビ局が彼らに電波を提供するものか。

ひょっとしたら、電波ジャッカーズたちは本橋首相も人質に取ったのかもしれない。宇宙センターで何かアクシデントがあったとしても、その程度のことでスケジュールを変更するのは妙だ。

山内は煙草の火を消し、角のスマートフォンのナンバーを押した。だが、やはり繋がらない。

官房長官に連絡をすべきか。しかし、時刻が時刻だ。確実な裏付けのない話を告げることは、さすがにためらわれた。

不意に居間のドアが開き、ガウン姿の妻が顔を見せた。

「こんな所で何をしてるの？」

「なんだか寝つけないんだ」

「それなら、子づくりに励む？　いま、いい時期なの。わたし、早く赤ちゃんが欲しいわ」

澄代が真顔《まがお》で言った。結婚して六年半になるが、まだ子供には恵まれていなかった。

「それどころじゃないんだ。もしかしたら、先生が大変な目に遭《あ》ってるかもしれないんだよ」

「先生って、本橋先生のこと？」

「当たり前じゃないかっ。おれにとって、先生といえば、本橋先生のことに決まってるだろうが！」

山内は語気を強め、経緯《いきさつ》をかいつまんで話した。口を結ぶと、妻が欠伸《あくび》混じりに言った。

「でも、先生から直《じか》に電話があったんでしょ？」

「ああ」

「そのとき、先生の声はどうだったの？」

「ふだんと変わらなかった気がする」

「それだったら、考えすぎなんじゃない？」

「それなら、いいんだが……」

「ね、寝室に戻りましょうよ。女性が腰の下に枕を入れておくと、妊娠しやすくなるんですって。試《ため》してみない？」

「先に寝《やす》んでくれ」

山内は素っ気なく言った。

「それって、セックスはしないってこと？」

「いま、そんなことをする気分にはなれないっ。本橋先生のことが心配なんだ」

「先生、先生って、何なの。妻のわたしより、本橋さんのほうが大事なわけ？」

澄代が眉根《まゆね》を寄せた。

「先生をさんづけになんかするなっ。本橋先生は、この国の総理大臣なんだぞ」

「そんなこと、わかってるわよ。あなたがそんなに尽《つ》くしても、あちらは感謝してるのかしら？　あなたのことなんか、茶坊主のひとりぐらいにしか考えてないんじゃない？」

「黙れ！」

山内は長椅子《いす》の上から背当てのクッションを摑《つか》み上げ、妻に投げつけた。

クッションは澄代の顔面にまともに命中した。澄代が足許《あしもと》に落ちたクッションを蹴《け》り、身を翻《ひるがえ》す。憎々しげな形相《ぎょうそう》だった。

山内は妻の後ろ姿を見ながら、長嘆息した。

午前三時三十五分

なぜか、イーグルはTVカメラの前に立とうとしない。

マイクロ・スコープカメラが送ってくる第八スタジオの映像を観《み》ながら、郷原は訝《いぶか》しく思った。

イーグルが切札《きりふだ》を見せることを渋《しぶ》らなければならない理由がわからない。本橋首相を失脚させられるような材料があるなら、さっさとTVカメラの前に立ってもよさそうだ。

切札というのは、単なるはったり《ブラフ》だったのか。そうだったとしたら、もう第八スタジオに立て籠《こも》る必要はないだろう。

それなのに、どうしてスタジオに留《とど》まりつづけるのか。それが謎だった。

イーグルは何か理由があって、時間稼《かせ》ぎをしているようだ。どうやらスタジオを占拠したのは、告発の生放送だけが目的ではないらしい。

いったい何のために彼は時間を稼ぎたがっているのか。

やはり、イーグルの仲間の別働隊が種子島宇宙センターで本橋首相一行を拉致《らち》したのかもしれない。その別働隊は、本橋首相に何かを要求したのではないだろうか。

しかし、首相はテロリスト集団の要求を呑《の》もうとしない。あるいは、要求した金か何かが、まだ別働隊の手に渡っていないのか。

どちらにしても、イーグルは別働隊が目的を果たすまで第八スタジオで十五人の人質を押さえておく必要がある。そのために、もったいをつけて自分の告発の生放送をなかなか開始しようとしないのではないだろうか。

また、郷原はイーグルと他の三人との違いも気になっていた。

イーグルは銃器の扱いに馴《な》れ、冷然と人を殺せる男だ。犯罪を重ねてきた人間のふてぶてしさや凄《すご》みもうかがえる。

そんな男が、なぜ局に生放送の引き延ばしをされても、それほど怒らなかったのか。何か企《たくら》みがあって、意図的に告発の開始時間を遅らせていたようにも思えてきた。

ラビット、ドッグ、ベアの三人は、平均的な一般人と少しも変わらない。銃器も満足に扱えないし、とことん非情にはなれない。彼ら三人はイーグルに巧《たく》みに煽《あお》られ、電波ジャックという時間稼ぎに利用されたのではないだろうか。

いずれにせよ、彼ら三人については麻生から間もなく身許《みもと》判明の知らせが入るだろう。

郷原はそう考えながら、モニターを覗《のぞ》きつづけた。

イーグルは、香奈恵たち人質のそばにいた。

チーフディレクターの岩城と何か話している。おおかた早くTVカメラの前に立ってくれと催促《さいそく》されているのだろう。

女性歌手たちはランジェリー姿で、一様《いちよう》にうつむいている。誰もが苛酷《かこく》な運命と折り合いをつけたような表情だった。もはや泣き喚《わめ》いたりする者はいない。

番組スタッフも諦め顔だった。

ラビット、ドッグ、ベアは、明らかに疲れきっていた。三人とも、ぼんやりと突っ立っている。もしかしたら、イーグルは単独でどこかから脱出する気でいるのか。

郷原は改めてモニターの画面をじっくりと観察した。

やはり、出入口は一カ所だ。通風孔と配管孔があるが、採光窓もない。床にも、ハッチはない。

天井とホリゾントのわずかな隙間《すきま》をよく見る。壁面のほぼ中央に、四方形のコンクリート支柱のような物がある。

それがあることは、前から気がついていた。

しかし、支柱ではないようだ。その出っ張った部分のすぐ際《きわ》に、金属製のライトフレームが走っている。

ライトフレームは、幾《いく》つかの井桁《いげた》で形づくられていた。そこに十数基の大型照明器具がぶら下がっている。第八スタジオのライトは、ほとんどイーグルに撃ち砕《くだ》かれてしまった。使用可能な照明器はわずか三基だ。

あの出っ張った部分は、確か図面上では人間は通れなかったのではないか。

郷原は妙に気になりだした。

そんなとき、背後で足音が響いた。振り向くと、稲田局長が歩み寄ってくる姿が目に映《えい》じた。

「スタジオの岩城ディレクターが何か言ってきませんでした？」

郷原は先に口を開いた。

「イーグルの奴、本橋首相を失脚に追い込む決定打の爆弾証言を頭の中でまとめてる最中らしいんですよ」

稲田がたたずんだ。

「ずいぶん時間がかかると思いませんか？」

「ええ、ちょっとね。おそらく奴は、別の何かを企んでるんでしょう」

「別の何かって？」

「イーグルは、氷室香奈恵たち三人にフェラチオをやらせた後で、凌辱《りょうじょく》したでしょ？」

「ええ」

「あのとき、奴はハンディカメラで淫《みだ》らな映像を撮《と》りましたよね。その映像をそれぞれの歌手の所属プロに売りつけることでも考えてるんじゃないんですか？」

「そうだとしたら、どんな方法で金を受け取る気なんです？　まさかスタジオに金を届けろなんて言わないでしょ」

「それはないでしょうね。芸能プロの人間になりすました刑事さんに踏み込まれることは予想するでしょうから」

「イーグルは、スタジオの外にいる仲間を金の受け取り人に指定するつもりなんだろうか」

「おそらく、そうなんでしょう。それから、もっと別のことを考えてるのかもしれませんね」

「たとえば、どんなことを？」

　郷原は問いかけた。

「イーグルは、本橋首相以外の厚労族議員たちも懲《こ》らしめる気なんじゃないんですかね。そのため、十五人の人質はまだ押さえておくつもりなのかもしれませんよ」

「スタジオの人質を押さえてる間に、別の仲間が族議員たちの自宅に押し入って、何らかの仕置きをするというわけですか？」

「ええ。逆《さか》らったら、十五人の人質の命を奪うとか脅《おど》せば、たいていの者は従順になると思います？」

「そうでしょうか。人質たちは、別に族議員たちの身内や知人でもないんですよ。スタジオの人質がどう扱われようと、それほど困らないと思いますがね」

「そういう人もいるかもしれないが、スーパーアイドルの氷室香奈恵たちが殺されることになったら、なんとなく寝醒《ねざ》めが悪いと思うんじゃありません？」

「族議員たちの神経は、そんなにやわじゃないでしょう」

「確かに、神経の細い人間が政治家にはならないでしょうね。イーグルが、族議員に何かするというのは見当違いなのかもしれない。しかし、イーグルはきっと何か企んでますよ」

稲田が確信ありげに言った。

「わたしは、別の理由でイーグルは時間稼ぎをしてるような気がするんですがね」

「なぜ、そんなことをしなければならないんです？」

「そいつが、どうもわからないんですよ。ところで、放送前にも伺《うかが》いましたが、急に生放送をテレビに流す気になったのはなぜなんです？　わたしには、どうしても東都テレビさんが何か隠してるように思えてならないんですがね」

郷原は言った。

「何を隠してるって言うんです？　妙なことをおっしゃるな」

「はっきり言いましょう。イーグルの仲間が本橋首相を拉致して、どこかに監禁してるんじゃないんですか？　その連中が本橋首相の声を局のどなたかに聴《き》かせて、告発の生放送を急げと脅迫した。違います？」

「そんなことは絶対にありません」

稲田が言下《げんか》に否定した。だが、郷原は稲田の表情にかすかな狼狽《ろうばい》の色が走ったのを見逃さなかった。

「稲田さん、事実を話してもらえませんか」

「あなたは何か勘《かん》違いしてるな。丸山専務と相談した結果、人質の命が何よりも大事だということになって、告発の生放送に踏みきったんですよ。ただ、それだけです。おかげで、視聴者からの問い合わせやお叱《しか》りの電話やファクスが殺到して、一時はパニック状態だったんです。警察署やマスコミからの問い合わせもありました」

「で、どんなふうに……」

「あなたに言われた通り、手違いでバラエティーの録画が流れてしまったとごまかしましたが、マスコミの中には疑いを持ちはじめた社が出てきたようです。記者らしいのが何人も局の周《まわ》りをうろついてるんですよ」

「事件のことが他局で報道されたら、大変なことになります。人質の十五人を救出するまで、何が何でも事件のことは伏せといてください」

「もちろん、そのつもりですよ」

「そうそう、ついでにお訊《き》きしたいことがあったんです」

稲田が言った。

「何でしょう?」

「この支柱のような出っ張った部分は何なんですか?」

郷原はモニターの一点を指さした。

「ああ、そこですか。このスタジオは劇場としても使えるように多目的に造られた特殊なものでして、照明器の上げ下ろしに使ってたリフトがあったところですよ。もう十年以上使ってません。ライトはコンピューターで、前後左右に動かせるようになりましたんでね。昔は、照明マンが上でライトの角度を手で変えたりしてたんです」

「いまも、あの中にはリフトがあるんですか?」

「いいえ、もう取り外《はず》してあります。各階の扉も封じてありますよ」

「中の広さはどのくらいあるんです?」

「確か九十センチ四方だったな」

「それだけの広さがあれば、人間は楽に入れますね」

「しかし、中は空洞ですよ。足場があるわけじゃないから、下に落ちてしまいますよ」

稲田が言った。

「逆 鉤《ユニバーサル・フック》付きの長いロープを使えば、下に降りられるでしょう。リフトは、どこからどこまで上げ下げしてたんですか？」

「上は三階で、下は地下一階の倉庫までです。昔は照明器は、地下一階の倉庫に置いてあったんですよ」

「地下一階のリフトボックスの扉は？」

「確か頑丈《がんじょう》な南京錠《なんきんじょう》が掛かってたな。まさかイーグルたちがロープを使って、地下一階の倉庫に降りると……」

「逃亡ルートは、そこしか考えられないでしょう」

「しかし、天井のライトフレームまでどうやって上がるんです？　床から天井まで六メートル近くあるんですよ」

「ラビットたち三人は無理でしょうが、イーグルなら、何らかの方法でライトフレームまで上がるでしょう。扉の南京錠は、銃弾でなんなく壊《こわ》せます」

「イーグルは三人の仲間を見捨てて、自分ひとりだけ逃げる気だと……」

「おそらく、そうなんでしょう。後で、地下一階の倉庫を見せてもらってもいいですね？」

郷原は訊いた。

「ええ、どうぞ。倉庫のドアは施錠《せじょう》してませんから、いつでも入れます」

「そうですか」

「まあ、ともかく、早く犯人の四人を取っ捕まえてほしいもんですな」

稲田が厭味《いやみ》たっぷりに言い、ゆっくりと遠ざかっていった。

郷原はダイバーズ・ウオッチ型の特殊無線機のトークボタンを押した。二人の部下に、犯人グループの逃走ルートの見当がついたことを告げるためだ。轟を地下倉庫に張り込ませるつもりだった。

午前三時四十七分

地下倉庫のドアが開けられた。

轟は息を殺した。郷原から無線連絡があったのは数分前だ。

庫内灯が点けられた。轟は物陰から、半分だけ顔を出した。二十七、八歳の男の姿が見えた。児玉和敬だろうか。

男は、くすんだ草色のリュックサックを背負っていた。中身は、かなり重い物らしい。ベルトが肩に喰《く》い込んでいる。

よく見ると、中身は角張《かくば》っていた。対角線に当たる部分にプロペラ状の板が入っているようだ。

中身は、分解したパラ・プレーンなのか。

パラ・プレーンは、長方形のパラシュートとプロペラ付きのエンジンで宙を舞う軽便飛行遊具だ。特別な免許は必要ない。操縦も、いたって簡単だった。小学生でも操《あやつ》れるだろう。

少し広い場所があれば、どこでも離発着は可能だ。テレビ局の屋上や駐車場からも離陸できる。エンジン音は割に小さい。

むろん、自在に方向転換も利《き》く。高度六百メートルまで上昇できる。小雨程度なら、飛行に支障はない。

飛行条件に恵まれていない日本ではほとんど知られていないが、アメリカやカナダでは割に普及している。価格も二、三十万円だ。中古品なら、十数万円で買える。

イーグルはリフトボックスを抜けて、パラ・プレーンで逃げる気らしい。

轟は、そう思った。

ちょうど男が背のリュックをコンクリートの床に置いたところだった。

男はリュックを埃塗《ほこりまみ》れの照明器具の山の裏側に押し込むと、リフトボックスに近づいた。

革《かわ》ブルゾンの内ポケットを探《さぐ》り、布にくるまれた細長い物を抓《つま》み出した。金鋸《かなのこ》だった。

　男は片膝を落とし、リフトボックスの扉の南京錠に金鋸を当てた。すぐに金属の擦《こす》れる音が小さく響きはじめた。

　いますぐ児玉と思われる男を確保すべきか。それとも、もう少し様子を見るべきだろうか。轟は判断しかね、腕時計型の特殊無線機のトークボタンを押した。

　待つほどもなく郷原の声で応答があった。

　轟は小声で、経過を報告した。

「すぐに男を押さえ、リュックの中身を確認しろ」

「了解！」

「男を確保したら、また連絡をくれ」

　郷原の声が消えた。

　轟は物陰から足を踏みだし、開いていた片方の扉を閉めた。その音で、男が首を捩《ねじ》った。

「そこで何をしてる?」

「錠を直してるんだよ」

「金鋸を持ってかい?」

「おたく、誰なの!?」

「警視庁の者だ」

轟は身分を明かし、大股《おおまた》で男に近づいた。

男が弾《はじ》かれたように立ち上がった。

「あんた、児玉和敬さんだろ？」

「なんでおれの名前を知ってんの⁉　おれ、何も悪いことなんかしてないぜ」

「そうかな。あんた、イーグルたちを手引きしたんだろ？」

「言ってることがわからないな」

「空とぼけても、時間の無駄だよ」

轟は穏《おだ》やかに言って、立ち止まった。

「イーグルなんて、本当に知らないんだ」

「いま、八スタに立て籠ってる四人組を知らないって？」

「ああ」

「シラを切る気か？　まあ、いいさ。とにかく、リュックの中身を見せてくれ」

「リュック？」

「いい加減にしろ。おれは、ずっとここで張り込んでたんだぜ。あんたは、でっかい草色のリュックを背負ってた。それを照明器具の裏に隠したはずだ。おれは、そこまで見てるんだっ」

「おれは何もしちゃいない。どけよ、どいてくれ」

児玉が横柄《おうへい》な口調で言った。轟は優男《やさおとこ》に見える。そんなことから、彼をなめてかかる犯罪者は割に多かった。

「どくわけにはいかないな」

轟は挑発した。すると、児玉が金鋸を振り翳《かざ》した。目が尖《とが》っている。

「サンキュー！」

「え？　なんだよ、急に礼なんか言って」

「これで、おれはあんたを公務執行妨害罪でいつでも逮捕《パク》れるわけだ」

「おれは、まだ何も……」

「金鋸は充分に凶器になり得る。そいつを振り翳《かざ》して刑事のおれに立ち向かってるんだから、れっきとした犯罪だ」

「ふざけるなっ」

「金鋸を捨てろ！」

轟は命じた。

ほとんど同時に、児玉が金鋸を斜《なな》めに薙《な》いだ。空気が裂《さ》ける。ただの威嚇《いかく》ではなさそうだ。

金鋸が引き戻された。

轟は自然体で立ち、瞬《まばた》きを止めた。児玉が金鋸を大上段に構え、大きく踏み込んできた。

轟は逃げなかった。逆に前に出て、左腕で児玉の利き腕を跳《は》ね上げた。すかさず正拳《せいけん》を相手の眉間《みけん》に叩《たた》き込む。

的《まと》は外さなかった。

児玉の腰が砕け、後ろに引っくり返った。それでも、金鋸はしっかり握り込んでいた。児玉は何が起こったのかわかっていないだろう。

「凶器を捨てるんだっ」

轟は幾分、声を高めた。

しかし、無駄だった。児玉が怒号を放って、勢いよく立ち上がった。金鋸をフェンシングの剣《サーベル》のように左右に振りながら、前に踏み込んでくる。

轟は前に出ると見せかけ、横に跳《と》んだ。

右の猿臂《えんぴ》打ちで児玉のこめかみを砕き、すぐさま横蹴りを放つ。打ち技も蹴りも、だいぶ加減をしたつもりだったが、児玉は六、七メートルは吹っ飛んだ。

唸《うな》ったまま、起き上がろうとしない。金鋸は手から離れていた。

「リュックの口を開けるんだ」

轟は児玉の襟首《えりくび》を摑み、堆《うずたか》く積んである古い照明器具の裏側に引きずっていった。

「け、刑事が暴力を使ってもいいのかよっ」

「おれは自分の身を護《まも》っただけだ」

「ふざけんな！」

児玉が吼《ほ》えた。

轟は児玉を摑み起こし、リュックの口を大きく開けさせた。やはり、中身は分解されたパラ・プレーンの部品とエンジンだった。

「イーグルは、こいつで自分だけ逃げる気だったんだなっ」

「知らないよ。おれは、リュックを預かっただけさ。中身が何かってことも知らなかったんだ」

「イーグルに頼まれたのは、それだけじゃないはずだ。あんた、二階の資料室で何かやらなかったか？」

轟は問いながら、児玉に前手錠を掛けた。

「何のことだよ？」

「留置場でゆっくり思い出すかい？」

「リュックを預かっただけで、おれ、留置場に入れられるの⁉」

「本庁の留置場は快適だぜ。暖かいし、三食付きだしな。それにこれだけの事件だ。毎日、取調官のマッサージまでつくだろう」

「ほんとのことを話すから、勘弁《かんべん》してくださいよ」

児玉が弱気になった。

「そっちが素直に供述すれば、多少の手心は加えてやろう」

「イーグルって男に、電気ドリルで資料室の天井に穴を開けてくれって頼まれたんだ。それから、警察の人間が現われたら、そいつを撃ち込み式のテイザーガンと麻酔薬で眠らせてくれとも……」

「それから？」

「えっ？」

「イーグルとは、どういう関係なんだっ」

「関係も何も、まったく知らない奴だよ。三日前に急におれの前に現われて、小遣《こづか》い稼ぎをしないかって話を持ちかけてきたんだ。イーグルはおれが借金だらけのことを知ってたんで、ちょっと気味が悪かったよ。でも、二千万の報酬は魅力だったし、きのうの午後、半分貰っちゃったから、頼まれたことはやらなきゃと思ったんだ」

「貰った前金は、どこにある？」

「命の次に大事な車ん中に……」

「イーグルの名は？」

轟は訊いた。

「名前も連絡先も教えてくれなかったんだ」

「嘘じゃないなっ」

「ああ」

「イーグルは、局内のことをいろいろ訊いたんだろ？　八スタのリハーサル開始時間やスタジオの構造なんかも」

「ああ。そのとき、いまは撤去されてる器材の上げ下ろし用のリフトがあったってことを喋《しゃべ》ったんだ。だから、イーグルは警察の目をくらませ、リフトボックスの中を降下するつもりなのさ。この倉庫にいったん身を潜《ひそ》めてから、屋上からパラ・プレーンで逃げる気だったんだと思うよ」

児玉が言った。

「イーグルは、三人の仲間たちのことを何か話さなかったか？」

「別に何も言ってなかったな」

「そうか。残りの謝礼は、いつ受け取ることになってたんだ？」

「後日、振り込まれる約束だったんだ」

「だいたいわかった。本格的な取り調べは、本庁で別の捜査員にやってもらおう」

「刑事さん、おれの罪、少しは軽くなるかな。おれ、イーグルに利用されただけなんですから」

「無理だろうな」

轟は言い放って、特殊無線機のトークボタンを押した。

午前四時五分

電話のベルが静寂《せいじゃく》を突き破った。

麻生は受話器に腕を伸ばした。

「わたしだ」

江守警視総監だった。

「何か緊急事態が発生したのでしょうか？」

「本橋首相の一行が昨夜から、『日本世直し同盟』のメンバーたちに種子島宇宙センター内のどこかに監禁されているらしい」

「やはり、そうでしたか。総監、その情報はどこから？」

「政府が警察庁長官を介して、警視庁極秘戦闘班に首相一行の救出を要請してきたんだ。ただし、隠密で動いてほしいとのことだった。『ＳＡＴ《サット》』を動かすのは、まずいだろう」

「わたしも、そう思います」

麻生は同調した。

「その後、東都テレビのほうの事件はどうなってるのかな」

「まだ進展はありません。しかし、郷原は間もなく強行突入を試《こころ》みると思います」

「きみの隊の者と『ＳＡＴ』のメンバーを支援につけて、人質の救出と犯人グループの逮捕を急がせてくれ。そして、極秘戦闘班の三人をただちに種子島に向かわせてくれたまえ」

「わかりました。政府は首相一行監禁事件のことをどの程度、把握《はあく》しているのでしょうか？」

「警察庁長官の話によると、現地の様子はほとんどわかっていないらしい。犯人グループが東都テレビのスタジオを占拠した四人組と本橋首相を断罪したがっていること以外は、何も……」

「わかりました。すぐさま郷原に連絡を取ります」

「よろしく頼む」

電話が切れた。

麻生は、郷原の刑事用携帯電話《ポリスモード》のナンバーを押した。三度目のコールサインの途中で、郷原が電話口に出た。

麻生は、江守警視総監からの密命を手短に話した。

「やはり、首相一行は宇宙センターで押さえられていましたか。告発の生放送を渋っていた東都テレビが急に電波をイーグルたちに提供する気になったのは、やはり、犯人側と何らかの交渉があったのでしょう」

「わたしも、あれから東都テレビの丸山専務に電話をしてみたんだ。結局、丸山専務には連絡が取れなかったんだがね」

「わたしも、あの後もう一度、稲田局長に直《じか》に訊いてみたんですが、空とぼけられてしまって」

郷原がすまなそうに言った。

「仕方がないさ。それより、そんなわけだから、そちらの人質救出と四人組の逮捕を急いでくれないか」

「わかりました。警視正、少し前に轟が四人組の協力者の局員を確保しました。やはり、美術部の児玉和敬でした」

「児玉は、どこまで吐いたんだ？」

麻生は問いかけた。

郷原が詳《くわ》しいことを話した。相談の結果、郷原たちは先回りしてイーグルを逮捕することになった。麻生は支援部隊の出動や救急車の手配を引き受けた。

「航空隊の宇津木《うつき》パイロットにも声をかけ、屋上のヘリポートに待機させておこう」

「わかりました。ところで、告発の生放送は一種の陽動作戦と思われて仕方ないのですが、警視正はどのように？」

「確かにイーグルは時間稼ぎをして、できるだけ生放送の終了を引き延ばしたがってるようだね。普通なら、ラビットたち三人の告発が終わったら、すぐにイーグルはTVカメラの前に立つだろう？」

「ええ、そうなんですよ。わざわざ告発の生放送を中断させる必要はないわけです。本橋首相の悪事を暴《あば》いて、すぐに逃亡する気になるはずです」

「イーグルたちが故意に時間を稼いでるのは、本橋首相をできるだけ長く人質に取っておきたいからかもしれない」

　麻生は言った。

「わたしも、そう思ったんです。宇宙センターにいるイーグルの仲間たちは、告発の生放送が終わらないうちに、種子島で何かしようと企んでるんではないでしょうか？」

「それは、考えられるね。しかし、いったい何を企んでるんだろうか」

「完成済みの偵察衛星でも盗み出す気なんでしょうかね」

「そういえば、来月、偵察衛星が打ち上げられる予定だったな？」

「ええ」

　郷原が短く応じた。

「宇宙開発技術そのものや技術者を奪うということは考えられそうだが、偵察衛星を盗み出すなんてことはちょっと無理だろう。組み立てたままだと、ロケットは全長五十メートルで直径が四メートルもあるという話だからな」

「ええ。仮に犯人たちがロケットをバラして運んでも、ひと苦労でしょうね。世界最大級の高性能エンジンLE－7だけなら、何とか盗み出せるんじゃありませんか？」

「そうかもしれないが、大変な作業になるだろう」

「ええ」

「それより、小型の人工衛星が狙《ねら》われるとは考えられないか？」

「それ、考えられますね。衛星は、せいぜい二トン止まりですから。多分、来春早々に打ち上げられることになってる新しい通信放送技術衛星は、すでに完成してるでしょう」

麻生は言った。

「静止衛星の開発費は一キログラム当たり八百万円ほどらしいから、二トンの衛星を盗まれたら巨額の損失になる」

「そうですね。種子島にいるテロリスト集団は、ロケット・エンジンや衛星をかっぱらって、さらに優秀な技術者たちを連れ去ろうとしてるのかもしれませんね」

「どれも高く売れそうだな」

「ええ。わたしの推測は間違ってるかもしれませんが、首相一行がセンター内に監禁されてることを考えると、犯人グループはそれに類《たぐい》したことを企んでいるんではないでしょうか?」

「可能性はありそうだ。首相を人質に取った奴らが何を企んでるかを知るためにも、必ずイーグルを逮捕してくれ」

「全力を尽くします」

郷原が頼もしげに言葉に力を込めた。麻生は電話を切ると、支援部隊員を集めた。

午前四時三十分

第八スタジオが真っ暗になった。

『SAT《サット》』の隊員が指示通りに電源を切ったのだ。

郷原の耳に、氷室香奈恵たち八人の女性歌手の悲鳴が届いた。彼は暗視ゴーグルと防毒マスクをかけていた。エアダクトの中だった。

スタジオの内部はよく見える。

香奈恵たち女性の人質はカメラの後ろ側にうずくまって、体を震わせていた。いまも、ランジェリーだけの姿だ。

岩城たち番組スタッフの七人は、茫然《ぼうぜん》と立ち尽くしていた。ラビット、ドッグ、ベアの三人はライターに火を点け、それぞれ不安げに出入口のあたりに目を向けている。イーグルはホリゾントを背にして、ベレッタＰＭ12Ｓを構えていた。

「催涙ガス弾を撃ち込め」

郷原は特殊無線機を使って、轟に短く命じた。

轟は屋上から垂《た》らしたロープで体を支え、すでに配管孔に催涙ガス弾銃の銃身を突っ込んでいるはずだ。

配管孔から、三十七ミリの催涙ガス弾がスタジオ内に撃ち込まれた。すぐにスタジオの中が白く霞んだ。

人質たちが次々にむせはじめた。

イーグルが携帯していた防毒マスクで顔面を覆《おお》い、短機関銃《サブマシンガン》を配管孔に向けた。ちょうどそのとき、スチールドアのノブのあたりに赤い閃光《せんこう》が走った。ノブが弾け飛び、溶接された部分が割れた。

イーグルが振り向き、サブマシンガンの引き金を絞った。半自動《セミオート》だった。

銃弾はスチールドアに着弾し、小さな火花を散らした。

ラビットたち三人はむせながら、床にしゃがみ込んだ。三人とも、手にしていた自動拳銃を捨てた。警察が強行突入に踏みきったことを覚《さと》り、降伏する気になったのだろう。

郷原はベレッタM92SBの銃把《じゅうは》を両手で握り込んだ。

すでにスライドは引いてある。引き金を絞れば、九ミリ弾が飛び出す。

スチールドアが開けられた。

五十嵐がわずかに顔を覗かせ、スタジオの床にスタングレネードを投げ落とした。

非致死性の手榴弾《しゅりゅうだん》だ。五十嵐は防毒マスクをつけていた。

大音響が轟き、オレンジ色の閃光が拡《ひろ》がった。スタングレネードは、人間の平衡感《へいこうかん》覚《かく》と抵抗心を失わせる。

咄嗟《とっさ》に耳を塞《ふさ》いで床に伏せたイーグルはすぐさま中腰になって、短機関銃を扇撃《ファンニング》ちしはじめた。五十嵐と『SAT』の急襲班のメンバーが左右に散り、壁に身を寄せる。

むろん、急襲班のメンバーも防毒マスクをつけていた。

郷原はイーグルの右肩に狙いを定めた。

まだイーグルを射殺するわけにはいかなかった。引き金を一気に引く。

イーグルが前のめりに倒れた。五十嵐たちがスタジオ内に躍《おど》り込んだ。そのとき、倒れたイーグルが筒状の物を五十嵐たちの足許に転がした。

手動式の煙幕弾だった。

五十嵐とバックアップの隊員たちが慌《あわ》てて後退しようした。イーグルが敏捷《びんしょう》に身を起こした。

煙が厚く立ち込めた。出入口のそばだ。

女性歌手たちが泣き叫びはじめた。

郷原は目を凝《こ》らし、イーグルの肩を見た。バトルジャケットに穴が開き、そこからボディーアーマーが覗いている。

イーグルが左手でサブマシンガンを構え、バトルスーツの下に隠し持っていた逆鉤《ユニバーサル・フック》付きのロープを手早く取り出した。自分だけリフトボックスから地下一階の倉庫に逃げる気にちがいない。

郷原は確信を深めた。

イーグルが逆鉤《ぎゃくかぎ》の付いた先端部分をカウボーイのように振り回し、一気に手を放した。

大ぶりのユニバーサル・フックは、頭上のライトフレームにしっかり引っ掛かった。

イーグルは短機関銃をたすき掛けにし、垂れたロープをよじ登りはじめた。

地下倉庫には、『SAT』のメンバーたちを配してある。郷原は、わざとイーグルを撃ち墜《お》とさなかった。

イーグルは、まるで猿のように軽々とロープを登っていく。

ガスマスクで顔面を覆った五十嵐と『SAT』の隊員が、スタジオに突入した。全員、ガスマスクの下には暗視ゴーグルを嵌《は》めていた。

「イーグル、動くな」

五十嵐がくぐもり声で叫び、ヘッケラー&コッホP7の銃口を向けた。

次の瞬間、ドイツ製の自動拳銃が宙を泳いだ。いつの間にか、イーグルは四十五口径のコルト・ガバメントを右手に握っていた。

「くそっ」

郷原はイーグルの右腕を撃った。

コルト・ガバメントが落ち、イーグルの体が何度か回った。捩《よじ》れが戻ると、イーグルはロープを振り子のように自ら揺《ゆ》すりはじめた。

右腕の二の腕のあたりから、鮮血が噴《ふ》いている。血の糸は手の甲《こう》まで達していた。

それでも驚くことに、右腕を平気で動かしている。弾《たま》が貫通した場合は、意外にダメージは小さい。

とはいえ、二の腕の筋肉が損傷しているはずだ。郷原は、イーグルの強靱《きょうじん》な体に度肝《どぎも》を抜かれた。

イーグルはロープを大きく振り、ライトフレームに飛び移った。すぐに逆上《さかあ》がりの要領でフレームの上に立ち、ロープを引き手繰《たぐ》った。

五十嵐が床から自分の拳銃を拾い上げ、イーグルの脚《あし》に狙いをつけた。だが、放った銃弾はイーグルの足許のフレームを鳴らしただけだった。

『SAT』の隊員たちがなだれ込んだ。

ラビットたち三人に手錠を掛け、十五人の人質たちをスタジオの外に誘導しはじめる。

イーグルは井桁のライトフレーム伝いにリフトボックスに近づいた。サブマシンガンで扉の錠を撃ち砕き、身を屈《かが》めた。

扉を大きく開け、逆鉤をどこかに引っ掛けた。

郷原はそこまで見届け、エアダクトを逆戻りしはじめた。四階の通路に出ると、すぐさま階段の降り口に走った。

郷原は地下倉庫まで一気に下《くだ》り、庫内に駆け込んだ。

張り込んでいた『SAT』の四人が、リフトボックスの中のイーグルと銃撃戦を繰《く》り広げている。銃声が重なり、硝煙《しょうえん》がたなびく。

郷原は、てこずっている隊員たちを退《さ》がらせて自分が前に出た。狙いをすまし、ベレッタM92SBでイーグルの短機関銃を弾き飛ばす。

イーグルが狼狽して、二メートルほど先に落ちた短機関銃に目をやった。郷原は走り寄り、イーグルの動きを封じた。

イーグルが忌々《いまいま》しげに舌打ちした。

郷原はイーグルを床に這《は》わせた。『SAT』の四人がイーグルを包囲し、小型無線機やナイフを取り上げ、後ろ手錠を掛けた。

郷原はイーグルを横向きにさせ、フェイスキャップを剝《は》ぎ取った。妙に血色のいい顔が現われた。

パテや人工被膜で素顔を隠し、特殊メイクをしているようだ。郷原はイーグルの顎《あご》の下に指を潜《くぐ》らせた。

爪《つめ》の先に何かが引っ掛かった。その部分を抓んで勢いよく引き剝がす。

肌色の人工被膜が紙のように捲《めく》れ、ところどころに特殊パテを貼《は》りつけた凶悪そうな素顔が現われた。イーグルが特殊メイクで素顔を隠していたのは、前科歴があるからだろう。

「おまえ、柿沼等《かきぬまひとし》だな」

隊員のひとりが驚きの声をあげた。イーグルは、なんの反応も示さない。

「こいつは指名手配中なんだな？」

郷原は隊員に確かめた。

「はい、そうです。この男は四年前に銀行の現金輸送車を単独で襲い、警備保障会社の社員と付き添いの行員の二人を射殺し、まんまと逃亡した柿沼だと思います。元陸上自衛隊員です」

「被害額は？」

「確か二億六千万円だったと思います。被害に遭ったのは京和《きょうわ》銀行です」

「ああ、その事件《ヤマ》のことは記憶にあるよ。手袋を外してくれ」

「はい」

隊員が屈み込み、イーグルの黒革の手袋を取った。両手の指には、強力な接着剤が塗ってあった。

指紋を遺《のこ》すことを恐れる前科者たちは、硫酸や高熱で十指の腹を焼き潰《つぶ》したり、犯行時に強力接着剤を用《もち》いたりしている。別の隊員がベンジンで強力接着剤を溶かし、イーグルの右手の五指に指紋採取カードを押し当てた。

「指紋の照合をしてきます」

「ああ、頼む」

郷原は小さく顎を引いた。採取カードを持った隊員が駆け足で倉庫を出ていった。

『SAT』の特殊ヴァンには、指紋で前科歴の有無《うむ》を即座に照合できるコンピューターが搭載《とうさい》されている。

少し経《た》つと、五十嵐と轟が一緒に庫内に入ってきた。

「人質は全員、救出できたな？」

「はい。アキレス腱《けん》を切断された岩城ディレクターと女性は救急車に乗せましたが、カメラマンたち番組スタッフは局内で応急手当てを受けています。機動隊の連中が事情聴取をはじめました」

五十嵐が報告した。

「凌辱ビデオは回収したな？」

「はい。しかし、イーグルが発表すると言ってた総理のスキャンダルの証拠は、どこにもありませんでした」

「ラビットたちは？」

「三人とも素直に自供《ウタ》っています」

「何者だった？」

郷原は先を促《うなが》した。

「ラビットは武山薬品工業の元社員の鏡友広《かがみともひろ》、三十歳です。ドッグはフリーターの穂波譲《ほなみゆずる》、二十六歳です。ベアは保坂敦郎《ほさかあつお》という名で、郵便局員です。年齢は三十一です。三人とも、前科歴はありませんでした」

「イーグルとの繋がりについては、どう供述してる？」

「三人はそれぞれ十日ほど前にイーグルの訪問を受け、本橋首相を断罪しようと電波ジャックを持ちかけられたと言ってます。三人はきのうまで、一面識もなかったそうです」

「そうか」

「班長《キャップ》、イーグルの正体は？」

轟が口を挟《はさ》んだ。

「四年前に現金輸送車を強奪して逃亡中だった柿沼等らしい。いま、『ＳＡＴ』のメンバーが指紋で確認を急いでるとこだ」

「特殊メイクで素顔を隠してたようですね」

「そうなんだ。指には、強力接着剤を塗りつけてたよ」

「それなら、星をしょってるのは間違いないでしょう」

「ああ、まずな」

郷原は相槌《あいづち》を打った。

そのとき、『ＳＡＴ』の隊員が戻ってきた。

「その男が柿沼等であることは間違いありません。住所不定、三十六歳です。柿沼は四年半前まで、陸自のレンジャー部隊で教官を務めてました。その後は職に就《つ》いてませんね」

「そうか」

「教官と申し上げましたが、正確には助教《じょきょう》です。柿沼は教官のひとりを殴り倒し、懲戒免職になってますね」

「ご苦労さま」

郷原は隊員を犒《ねぎら》い、別のメンバーに柿沼の上体を起こさせた。柿沼は胡坐《あぐら》をかく形になった。

右腕の銃創《じゅうそう》は、まだ真紅《しんく》の血を噴いている。郷原は隊員のひとりに止血させ、柿沼に声をかけた。

「柿沼等だな？」

「そうだ。指紋を採《と》られたんじゃ、白を切っても仕方ないからな」

「電波ジャックは陽動だなっ」

「陽動？　おれは本気で本橋の悪事を暴いて奴を失脚させたかったんだ」

「悪事の証拠は、スタジオのどこにもなかったぞ」

「えっ」

「おまえが時間稼ぎをしてることは、とうに見抜いてた。種子島で本橋首相の一行を押さえた仲間は、何を企んでるんだっ」

「おれの告発の生放送が終わるまでの保険をかけただけさ」

「ここでも時間稼ぎをする気かよっ」

五十嵐が苛《いら》ついて、柿沼の頭を押し下げた。

「警察が暴力を使うのかい？」

「この野郎！」

五十嵐がいきり立ち、柿沼を掴み上げた。足払いをかける前に、郷原は五十嵐をなだめた。

「やめとけ」

「しかし、こいつは……」

「いいから、やめるんだ」

「はい」

五十嵐はいくらか不満顔で、柿沼の襟首から手を離した。

郷原は柿沼をその場に坐らせ、駆け引きを演じはじめた。

「おまえが全面的に吐いてくれるなら、四年前の犯罪《ヤマ》、少しは軽くしてやれるんだがな」

「その手は喰わねえぜ」

「もう少し利口になれよ。大きな声じゃ言えないが、日本の警察もアメリカを見習って、被疑者と裏取引をするようになったんだ」

「ほんとなのか？」

柿沼の表情が、かすかに明るんだ。

郷原は大きくうなずいた。むろん、芝居を打ったにすぎない。警察は、そうした裏取引はしていなかった。検察は司法取引をしている。

「いや、あんたはおれを嵌めようとしてるにちがいない」

「まだ気持ちがほぐれてないようだな。少し昔話をしよう。二億六千万を抱えて、どこに飛んだんだ？」

「……………」

「石垣島《いしがきじま》あたりの漁師に札束を握らせて、台湾《たいわん》に運んでもらったのかな。それとも一年ぐらい国内に身を潜《ひそ》めてから、密出国したのか？」

「昔のことは、何もかも忘れちまったよ」

柿沼はにっと笑い、固く口を閉ざしてしまった。

「班長《キャップ》、ちょっと……」

轟が低く言い、出入口の近くまで歩いた。

郷原は轟に歩み寄った。向き合うと、轟が言った。

「奴をまともな方法で取り調べても、時間の無駄だと思います」

「そうかもしれない」

「陸自の情報本部から、最新の拷問マシーン『神経衰弱』を借りてきます」

「拷問マシーン？」

「ええ、そうです。イギリスの特務機関が開発したマシーンがあるんですよ」

「どんなものなんだ?」

郷原は訊いた。

「対象者に検眼器に似《に》た形の装置を被らせて、レンズ型のモニターに本人の呼吸、心拍、脳波のリズムパターンをカラーで絶《た》え間なく送りつづけるんです。たとえ対象者が瞼《まぶた》をきつく閉じても、そのリズムの波形は瞳孔《どうこう》に届きます」

「対象者はだんだん苛立《いらだ》ちと苦痛を覚えはじめるわけか」

「そうです。そして精神分裂的な反応を示して、やがて拷問に耐えられなくなるんですよ。その状態になったら、催眠ガスを吸引させるんです。半覚醒《かくせい》状態になると、大脳皮質の理性を司《つかさど》る機能が麻痺《まひ》し、対象者の抑圧は解《と》かれるんですよ」

「そうなると、対象者は質問にすらすらと答えるようになるわけか」

「そうです。場合が場合ですから、少しはアンフェアな手段を用いないと……」

「しかし、非合法な手段を使うのは極力、避けるべきだろう。何かとデメリットがあるからな。なんとか合法的な取り調べで、奴を自白に追い込もう」

「わかりました」

轟は拘《こだわ》りのない声で言った。もともとドライな性格で、自分の意見を強引に通そうとするタイプではなかった。

郷原は体を反転させた。

　そのとき、懐《ふところ》で刑事用携帯電話《ポリスモード》が振動した。発信者は麻生だった。

「作戦は成功したらしいね。『ＳＡＴ』のメンバーから連絡があったよ」

「ご報告が遅れて申し訳ありません。いま、主犯格の柿沼等を取り調べてたものですので……」

「郷原君、柿沼を連れて本庁にすぐ戻ってくれ。柿沼をヘリに一緒に乗せるんだ。もちろん、柿沼が持ってた小型無線機もね。機内で取り調べ中に、仲間から何か柿沼に連絡があるかもしれない」

「はい」

「柿沼を逮捕したことを仲間に覚られるのは、まずい。仲間から柿沼に何か連絡があったら、わざと交信させるんだ。それで、交信内容を傍受《ぼうじゅ》してくれ。ああ、それから、種子島宇宙センターの見取り図のほうは用意しておく」

「わかりました。すぐに帰庁します」

　郷原は通話終了キーを押し、五十嵐に合図を送った。

　五十嵐が柿沼を立たせた。『ＳＡＴ』の隊員たちが、柿沼の周りを固めた。

午前五時三十分

大型ヘリコプターが舞い上がった。

操縦桿《そうじゅうかん》を握っているのは、航空隊所属の宇津木久志《ひさし》だ。三十一歳である。見るからに、人の好《よ》さそうな顔をしている。

事実、好人物だ。宇津木は、半《なか》ば極秘戦闘班の専属パイロットだった。郷原たちの緊急出動を最優先させていた。

宇津木の三列後ろには、五十嵐が坐っている。

その真後ろにいるのは轟だ。郷原は五列目の座席に柿沼と並んでいた。

乗っている大型ヘリコプターは、アメリカのメーカーに特別註文《ちゅうもん》した機だ。

警視庁のヘリコプターの中では、最も大きかった。乗員は二十五人で、全長十三メートルもある。全幅も三メートルを超《こ》える。

ローター直径約十五メートルで、重量は約六トンだ。大型だが、戦闘用ヘリコプター並に速い。最大時速は、およそ二百七十キロである。

機内には、大型の警察無線が積まれている。空中から警視庁通信指令本部とは、いつでも交信可能だ。

「種子島まで乗りでがあるな」

五十嵐が振り向き、轟に語りかけた。

「ええ。ジェット機でも羽田《はねだ》から鹿児島空港まで一時間四十分ですし、鹿児島から種子島空港まで四十分かかりますから、併《あわ》せて二時間二十分ですね」

「ヘリだと、種子島までの所要時間は三時間半はかかるだろうな」

「いや、四時間はみていただきたいですね」

宇津木が五十嵐に言った。

「やっぱり、そのくらいはかかるか」

「ええ」

「途中で給油の必要はないよな、このヘリの最大飛行時間は五時間半だから」

「ええ、それは。しかし、種子島空港で帰りの燃料を入れとかないと……」

「そうだな。民間のジェット旅客機は速いが、本庁と無線交信できないし、短機関銃や自動小銃なんか積み込めない」

五十嵐が口を結んだ。

宇津木は操縦に専念した。大型ヘリコプターはぐいぐい高度を上げている。ローター音は意外に小さい。静音設計が採用されていた。ヘリコプターの震動も、さほど気にならなかった。

「手錠《ワッパ》、外してくれや」

柿沼が言った。郷原は即座に言葉を返した。

「駄目だ」

「何を警戒してるんだ？　ヘリの中から逃げられやしないじゃねえか」

「手が使えるようになったら、死のダイビングはできる」

「おれが自殺すると思ってるのか⁉」

「その可能性はゼロに近いだろうな」

「だったら、外してくれたっていいだろうが」

「おまえは抜け目のない男だ。手錠《ワッパ》を外したら、隙《すき》を衝《つ》いて武器を奪う気になるだろう」

「おれは、もう観念したよ」

「それなら、種子島にいる仲間たちが何を企んでるのか話してくれ。それから、おまえたちを操ってる黒幕の名もな」

「黒幕なんかいない」

柿沼が薄ら笑いを浮かべた。

機は水平飛行に移り、南へ向かいはじめた。すぐ前列に坐った轟が上体を捩った。

「柿沼さんよ、あんた、おれたちをあまり甘く見ないほうがいいぜ」

「粋《いき》がるな、若造が。男のくせに髪をそんなに長く伸ばして、なんのつもりだっ。耳にピアスまでしてやがる。世も末だね」

「言ってくれるな」

「気障《きざ》な野郎だ。男なら、おれみたいに髪を短くしろ」

「そういうクルーカットはダサいよ」

「てめえ、ぶっ殺されてえのか」

柿沼が鋭い目を剝《む》いた。

「あんた、根っから人殺しが好きらしいな。八スタでも、チーフプロデューサーの国政陽介とＡＤの小坂井を虫けらのように殺《や》っちまった。それに、あんたは変態だな。氷室香奈恵たち八人をレイプしたんだから」

「おい、おれを怒らせたいのかっ。なんのつもりで、挑発しやがるんだ」

「おれも極悪人を殺《や》るのは嫌いじゃないんだよ」

轟が蕩《とろ》けるような笑《え》みを漂《ただよ》わせ、懐からバックアップ用の自動拳銃を摑み出した。スミス＆ウエッソンの十ミリオートだった。

「なんの真似《まね》だ？」

「こいつは、どうも暴発しやすくてね」

「それで、おれを脅してるつもりか。まだ修業が足《た》りねえな」

柿沼が鼻先で笑った。

轟が自動拳銃のスライドを素早く滑らせ、銃口を柿沼の額《ひたい》に向けた。

郷原は別に慌《あわ》てなかった。轟が本気で柿沼を撃つ気がないことはわかっていたからだ。

轟はドライで、単独行に強みがあった。人情派で連携プレイがうまい五十嵐とは、対照的なタイプだ。それでいて、二人の部下は割にウマが合う。

「正当防衛ってことにして、あんたの頭をミンチにすることもできる」

「やりたきゃ、早くやんな」

「それじゃ、やらせてもらおう。少し銃口の角度を変えれば、弾は後ろの頭蓋骨《ずがいこつ》に跳ね返されて、頭の中でピンボールみたいにあっちこっち移動するだろうな」

轟が言って、引き金の遊びをぎりぎりまで絞った。

柿沼は嘲笑《ちょうしょう》を浮かべながらも、引き金に巻きついた轟の人差し指をじっと見ていた。相手が本気で撃つ気がないと思っていても、落ち着かないのだろう。

「地獄に行け！」

轟が声を張り、一気に引き金を引いた。

その瞬間、柿沼が喉《のど》の奥で、ひいっ、と声を詰まらせた。銃声は響かなかった。

「さっき弾倉《マガジン》を抜いといたんだったな。もう一度、やり直そう」

「若造、いい加減にしろ」

「あれ、脂汗《あぶらあせ》が浮いてるな。あんた、小便、チビらなかった？」

「くそったれめ！　退屈しのぎに、おれをからかいやがったな」

「まあね。あれれ、髭《ひげ》がだいぶ伸びてるな。マッチョマンを気取るのもいいけどさ、男もお顔のお手入れは大事よ」

轟が女言葉で茶化し、自動拳銃をホルスターに戻した。すぐにコンバットナイフを取り出し、柿沼の頰《ほお》に刃を寝かせた。

「悪ふざけは、たいがいにしろ」

「剃刀《かみそり》と同じようにはいかないから、ちょっと痛いぜ」

「よせ！　ナイフを離せ」

柿沼が顔を背《そむ》けた。

轟はナイフを少し起こし、伸びた髭を剃《そ》りはじめた。柿沼が凄《すさ》まじい形相で、轟を睨《にら》みつける。

郷原は吹き出しそうになった。轟が急にナイフを柿沼の顎の下に押し当てる。

「知り合いの床屋のおじさんが言ってたが、客の顎の髭を剃るときが最も緊張するんだってさ。プロでも、たまに客の喉のあたりを傷つけちゃうらしいんだ」

「…………」

「おれは手先が不器用だから、深く抉《えぐ》っちゃうかもしれないな。けど、恨《うら》むなよ。おれは、親切心から髭を当たってやってるんだからさ」

「若造が、なめた真似しやがって」

「おっと、危ない。喋ると、喉元が破れた提灯《ちょうちん》みたいになるよ」

「若造、後でぶっ殺してやるからな。覚悟してろ！」

柿沼が息巻《いきま》いた。

「後があったらな。それはそうと、そろそろ喋ってくれや」

「うるせえ」

「そうして粘《ねば》ってると、こっちもあんたを『神経衰弱』にかけなきゃならなくなるな」

「『神経衰弱』だと？」

「ああ。後ろに積んであるんだ。あのマシーンに耐えられた奴はいない。何人か発狂したよ。あんたも知ってるよね」

轟が脅しをかけた。実際には、拷問装置は何も積んではいない。

「す、好きにしろ」

柿沼が開き直った。

「それがリクエストに応《こた》えられないんだよ」

「拷問マシーンなんか積んでねえんだな？」

「当たり《ビンゴ》！」

轟はナイフに付着した髭を柿沼の首筋になすりつけ、前に向き直った。

「この野郎！」

柿沼が反動をつけて、轟の後頭部に頭突き《ずつ》を浴びせようとした。

郷原は肩で柿沼を弾き飛ばした。柿沼がシートから転げ落ち、長く呻《うめ》いた。

「あっ、悪い！　急に、めまいがしてな」

郷原はにたつきながら、柿沼を摑み起こした。

いつしか機は、羽田沖の上空に差しかかっていた。

午前五時四十八分

卓上の灰皿が跳ね上がった。

魚住防衛大臣が拳《こぶし》でテーブルを叩いたからだ。

首相官邸の会議室である。居眠りしかけていた閣僚たちが、慌てて居ずまいを正した。東都テレビの事件が落着し、どっと疲れが出てしまったのだ。

「あんた方は、ぶったるんでる。本橋総理の命が危ないというのに、揃《そろ》って居眠りだ」

「みなさん、お疲れなんです。それに、われわれが何かできるわけでもないんです。

警察庁長官経由で警視庁極秘戦闘班に首相一行の救出を命じたんですから、ここで静かに吉報を待つしかないでしょう」

新保官房長官が寝ぼけ眼《まなこ》を擦《こす》って、うっとうしげに言った。

「あんた方は認識不足だ。極秘戦闘班の三人を過大評価してるが、郷原たちは所詮《しょせん》、刑事にすぎん」

「しかし、これまでに要人の暗殺を未然に防いでますし、国際的な陰謀も砕いてます。それに今回は、すでに東都テレビの人質を救出してくれました。彼らに任《まか》せておけば、きっと人質を救出してくれるにちがいありません」

「甘い、甘い！　テレビ局の四人組は主犯格以外は、犯罪のプロじゃなかった。だから、うまくいったんだ。しかし、種子島を占拠した連中はプロ揃いと思われる。自衛隊を派遣して、一気に犯人グループを叩き潰すべきだな」

「しかし、自衛隊員を出動させるとなると、いろいろ問題が起こります」

「何も自衛隊を戦争の助《すけ》っ人《と》に行かせるわけじゃないんだ。マスコミや国民の声など気にする必要はない。あんた方は腰抜けだよ。いますぐ自衛隊に出動命令を出すべきだ」

魚住が喚《わめ》いた。

「待ってください。どうも魚住先生のお考えはいささか乱暴だな。極秘戦闘班の出動についてては決を採って決めたことですから、反対派のあなたも従うべきでしょう」

「わたしは多数決ってやつが気に入らんのだ。少数派の意見にも正しいものはいくらでもある」

「それは否定しませんが、やはり民主主義のルールには従いませんとね。秩序が乱れるのは……」

新保が苦笑した。

会議室は重苦しい空気に包まれた。少し経つと、赤座法務大臣が声を発した。

「話は変わりますが、種子島にいるテロリスト集団が柿沼たち四人が逮捕されたことを知ったら、腹いせに人質たちを殺す気になるんじゃないですか」

「実は、わたしもそのことを心配してるんですよ」

新保官房長官が同調した。

「警視庁は四人組を逮捕したことを種子島にいる連中には覚られないようにするとは言ってたが、彼らのリーダーは東都テレビのスタジオを占拠してた柿沼と小型無線機で連絡を取ってたようだから、いずれ四人組が捕まったことを知ると思うんです」

「ええ、それは時間の問題でしょうね。鹿児島県警に、密《ひそ》かに種子島宇宙センターの動きを探らせたほうがいいかもしれませんよ」

「その意見には、わたしも賛成ですね」

赤座が即座に応じた。新保と椎名が相前後して、大きくうなずいた。

「わたしは自衛隊に偵察させるべきだと思う。警察の力など当てにならん」

「魚住先生、防衛大臣のあなたが自衛隊を使いたい気持ちはよくわかるが、ここは多数決ということで鹿児島県警に動いてもらいましょうよ」

赤座が執《と》り成《な》すように言った。

「また、多数決か。やりにくい時代になったもんだ」

「鹿児島県警や警視庁では手に負《お》えないような事態になったら、自衛隊の力を借りましょう。そういうことで、折り合いをつけていただけませんか？」

「わかったよ」

魚住が、ばつ悪げに笑った。

第五章　恐るべき陰謀

午前六時二分

無線連絡が入った。

「警視正からです」

五十嵐がレシーバーを押さえながら、大声で告げた。

郷原はマイク付きのレシーバーを耳に当てた。警察無線はハンドフリーでも交信できる。しかし、機内には柿沼がいた。交信内容を聴《き》かせるわけにはいかない。

「いま現在、どのあたりを飛んでる？」

麻生が問いかけてきた。

「大磯《おおいそ》です」

「そうか。柿沼は何か吐いたのかな」

「いいえ」

郷原は極力、短い返事をした。柿沼は話の内容を覚《さと》らせないためだった。

「いま、警察庁長官から本庁《うち》に連絡があって、鹿児島県警本部機動隊の特殊チームが宇宙センターの偵察に飛ぶことになったらしい。犯人グループの動きを探《さぐ》るためだよ。政府筋からの出動要請だ」

「了解！」

「県警の特殊チームのコードネームは『桜島《さくらじま》』だ。何か摑《つか》んだら、きみに情報を流してくれることになってる」

「わかりました」

「鏡、穂波、保坂の三人を徹底的に調べさせたが、柿沼以外の人物とはまったく接触してないな」

「やはり、そうでしたか」

「それから、児玉和敬も柿沼に金で雇《やと》われただけと考えていいだろう。柿沼のパラ・プレーンなども鑑識に回したんだが、手掛かりになるような物は何も……」

「そうですか」

「ヘリの手配がつき次第《しだい》、『SAT《サット》』のメンバーを現地に向かわせる」

麻生が交信を切った。

郷原は、かたわらの柿沼に声をかけた。

「煙草《たばこ》、どうだ？」

「何を考えてるんだい？　煙草の一本や二本で、おれが口を割るとでも思ってるのかっ」

「そう警戒するな。どうなんだ？」

「せっかくだから、貰《もら》ってやるよ」


柿沼が偉そうに言った。

郷原は苦《にが》く笑って、ＳＷＡＴヴェストのポケットからセブンスターを取り出した。一本振り出して柿沼の薄い唇にくわえさせ、ライターで火を点《つ》けてやる。柿沼がくわえ煙草を深く吸《す》い込み、郷原の顔に煙を吹きつけてきた。

「チンピラみたいな真似《まね》をするな」

「怒らないのか？」

「そんな挑発に乗るほど若くない。それより、かっぱらった二億六千万はだいぶ遣《つか》いでがあったろう？」

「なんの話をしてんだよ」

「いまさらシラを切っても仕方ないだろうが。おまえは指名手配中の身なんだ」

「それもそうだな」

「大金は、どこかにまだ隠してあるのか？」

郷原は訊《き》いた。

「もう一円もない」

「四年間で、きれいに遣《つか》い切ったのか。逃亡中に女にでも惚《ほ》れて、その彼女に貢《みつ》いだようだな」

「そんなんじゃない。銭《ぜに》はインドネシア人の貨物船の船長に、ほとんど持ち逃げされちまったんだ。おれが遣ったのは二千万ちょっとさ」

「貨物船で海外逃亡を図《はか》ったのか」

「まあな。灰が長くなった。落としてくれ」

柿沼が尊大な口調で言った。前の席にいる二人の部下が同時に振り返った。

「なんだ、おまえら！」

「態度がだかいな」

五十嵐が言った。

「両手が使えないんだ。仕方がないだろうが」

「他人《ひと》に何かを頼むときは、もっと丁寧《ていねい》な口を利《き》け」

「おれは育ちが悪いし、教養もねえんだ。だから、礼儀を知らなくてな」

「この野郎、いい気になりやがって」

「頭にきたかい？　だったら、もっと怒れよ」

柿沼が小ばかにした顔で言った。五十嵐が目を尖《とが》らせ、腰を浮かせた。

「そういきになるな」

郷原は短気な部下をなだめ、柿沼がくわえている煙草の灰を座席の肘《ひじ》掛けに備《そな》えつけてある灰皿に落とした。すぐにフィルターを柿沼の口に戻す。

柿沼が忙《せわ》しく喫いつけ、黄ばんだ煙を口の端から細く吐いた。

「金を持ち逃げされたのは、ジャカルタなのか？」

「シンガポールシティだよ。船長の野郎、親しい日本人実業家を紹介するからって、立派なオフィスビルにおれを連れ込んで、籠《かご》抜けしやがったんだ」

「間抜けな話だな」

「笑うなっ。煙草、もういいよ」

「わかった」

郷原は短くなった煙草を柿沼の口から引き抜き、灰皿に突っ込んだ。

ちょうどそのとき、横の座席の上で柿沼が持っていた小型無線機が鳴った。

「仲間からの連絡だな。捕まったことを喋《しゃべ》ったら、おまえを正当防衛ってことで殺すぞ」

郷原は威嚇《いかく》し、ベレッタを引き抜いた。

ほとんど同時に、轟が立ち上がった。すぐに彼はコマンドナイフを柿沼の首筋に押し当てた。郷原は左手で小型無線機を取り、柿沼の左耳に当てた。彼自身も小型無線機に耳を寄せた。

「シャークだ。予定通りに、時間を稼《かせ》いでくれてるな？」

男の声だった。

「まあ」

「なんだい、その返事は？　おまえの生放送は、できるだけ引き延ばしてくれ」

「わかってる」

柿沼が、ぶっきら棒に答えた。

「何かあったのか？」

「いや、別に」

「かすかに聴こえるのは何だ？　ヘリのローター音のようだが……」

「気のせいだろう。何も音なんかしてないぜ」

「なんだか元気がないな。イーグル、警察にスタジオを包囲されてるのか？」

「いや」

「どうも様子がおかしいな」

「そんなことはないよ」

「少し疲れたんだな。こっちは順調に進んでる。逸見《いつみ》さんから連絡があったんだ。パゾリーニの旦那《だんな》は喜んでるらしいぜ。仕事がうまくいったら、ボーナスを弾《はず》んでくれるってさ」

「………」

「おまえ、まさか逮捕《パク》られたんじゃないんだろうな？」

相手の声のトーンが変わった。

轟がナイフの切っ先を柿沼の首に強く押しつけた。柿沼が少しでも動けば、血の粒が刃先を汚すだろう。

郷原も拳銃の銃口を柿沼のこめかみに強く押し当てた。シャークが焦《じ》れた。

「おい、なんで黙り込んでるんだっ」

「おれは捕まった！　警察の大型ヘリがそっちに向かってる。気をつけろ！」

柿沼が大声を張り上げた。

郷原は小型無線機を自分の耳に当てた。すでに交信は切られていた。

柿沼が、にっと笑った。郷原は柿沼の腿《もも》に強烈な肘打ちを落とした。柿沼が歯を剥《む》いて呻《うめ》いた。

郷原は柿沼を睨《にら》みつけた。

「ざまあみやがれ。おまえらは、種子島で返り討ちにされるだろう。殺されたくなかったら、東京に引き返すんだな」

柿沼が勝ち誇ったように言い、引き攣《つ》った笑《え》みを浮かべた。

「さっきのシャークって男は、種子島にいるテロリスト集団のリーダーだなっ」

「何を訊いても無駄だよ」

「おまえらの真の狙《ねら》いは何なんだ？　本橋首相たちを人質に取って、何をしようとしてるんだっ」

「さあな」

「逸見とパゾリーニという男が黒幕か。そうなんだな。パゾリーニという姓なら、イタリア人だろう。違うか？」

「さっき言ったろ。おれは何も喋らないってな」

「いずれ逸見とパゾリーニって奴も捕まることになるんだ。無駄なあがきはやめたほうがいいな」

「とにかく、おれは自白《ゲロ》しねえぜ」

「どうしましょう？」

轟が柿沼の首にナイフを押し当てたまま、問いかけてきた。

「席に戻ってくれ」

郷原は轟に言った。

轟が前の座席に腰かけた。

「五十嵐、おれと席を替わってくれ」

郷原は柿沼から離れた前部座席に移って、警視庁通信指令本部に連絡を取った。ここなら柿沼に交信を聞かれる心配はない。

少し待つと、頭に当てたレシーバーに麻生の声が流れてきた。

「何かあったようだね」

「ええ。ちょっとまずいことになりました」

郷原は経緯《いきさつ》を話した。

「首謀者らしい逸見という人物には、まるで見当がつかんね。しかし、パゾリーニというのは、二十年以上前に極左テロリストとして欧州の政財界人を幾人も暗殺したイタリア人のアルベルト・パゾリーニかもしれない」

「アルベルト・パゾリーニのことは、少し知ってます。『黒い旅団』の暗殺部隊の隊長ですね。イタリア、フランス、イギリス、ドイツの政財界人を暗殺し、欧州の名家の令嬢たちを次々に誘拐《ゆうかい》して、巨額の身代金をせしめた奴でしょう？」

「ああ、そうだ。数十年前にイタリアで、マフィアと繋《つな》がりのある財務大臣、ローマ市長、イタリア国防省情報局長たちの車に時限爆破装置を仕掛けたのも、パゾリーニだと言われてる」

「そうですね。その後、パゾリーニは『黒い旅団』の首魁《しゅかい》のエメリオ・コロンボと仲違《たが》いしたはずです。学生のときに『タイム』のニューズストーリーで、そんな話を読んだことがありますよ』

「その通りだ。パゾリーニは自分の恋人だった美人革命家をコロンボに寝盗《ねと》られたことに腹を立て、首魁を惨殺したんだ。首とペニスを切断し、コロンボの二人の妹を犯《おか》して焼き殺してしまったんだよ。子供のころから秀才と呼ばれたほどの切れ者なんだが、激しやすい性格だったらしい」

「それで、パゾリーニは組織を離れることになったんでしたね」

「ああ。パゾリーニはドイツの過激派グループの手助けで、南米に逃げたんだ。その後、何度も整形手術《プラスチック・ジョブ》を受けて、いまは別人のような顔になってるらしい。確か武器商人として暗躍してるはずだよ」

「武器商人ですか」

「それも、マッチ・ポンプ屋らしい。宗教対立や民族紛争の種を蒔《ま》いて双方を煽《あお》るだけ煽ってから、どちらにも大量に銃器や最新兵器を売りつけてるようだ」

麻生が言った。

「強《したた》かな奴だな。コロンボに恋人を奪われて、人間不信の念を強めたんですかね」

「おそらく、そうなんだろう。パゾリーニは多くの偽名を巧《たく》みに使い分け、世界各地にアジトを持ってるらしい。実際の年齢は五十九歳のはずだが、整形で十歳は若く見えるという話だ。世界の美女たちを侍《はべ》らせ、私設軍隊も持ってるという噂《うわさ》だよ」

「とんでもない野郎ですね」

「闇《やみ》の帝王と言ってもいいかもしれない。もしかすると、柿沼やシャークはパゾリーニの私設軍隊のメンバーなのかもしれないな」

「考えられますね。敵ながら、犯行の手口が鮮《あざ》やかですから」

「首謀者がパゾリーニだとしたら、真の狙いは、きみが言ったようなことかもしれない」

「ええ、おそらく」

郷原は短く応じた。

「きみは、何としてでも柿沼の口を割らせてくれ。わたしは国際刑事警察機構《インターポール》を通じて、イタリア警察からパゾリーニの最新情報を集めてみよう」

「お願いします。ついでに、逸見という人物についても……」

「わかった。何かわかり次第、また連絡しよう」

麻生の声が沈黙した。

郷原は煙草に火を点け、柿沼の口を割らせる方法を考えはじめた。

正攻法では、とても自供に追い込める相手ではない。痕《あと》が残らない拷問をするつもりだった。

午前六時三十八分

破滅の予感が萎《しぼ》まない。

西村宇宙センター所長は、管理棟の一室に閉じ込められていた。ドアの向こう側には、肌の浅黒い男が立っているはずだ。

なぜ、自分だけが隔離されたのか。所長の自分を殺すとでも職員たちを脅《おど》し、犯人たちは何かさせているのか。

西村は頭がおかしくなりそうだった。

危篤《きとく》だという母のことが気掛かりで仕方がない。親の最期《さいご》も看取《みと》ってやれないのか。自分の運命を呪《のろ》わずにはいられなかった。

テロリストたちに反抗的な態度をとって外に連れ出された技術課の十勝のことも、脳裏《のうり》から離れない。

十勝はセンター内のどこかで射殺され、海に投げ込まれたのではないのか。なんとなくそんな気がする。

隔離された直後のざわめきも、不安を掻《か》き立てた。

　この部屋に監禁されて間《ま》もなく、職員たちがテロリスト集団に表に出された気配が伝わってきた。部下たちは、どこに拉致《らち》されたのだろうか。

　絶《た》えず耳をそばだててきたが、銃声は一発も聞こえなかった。職員たちの悲鳴もしない。

　犯人グループが大勢の部下たちを殺した気配はうかがえなかった。

　西村はひとまず胸を撫《な》で下ろしたが、すぐに新たな不安にさいなまれはじめた。確かなことはわからないが、職員たちは六、七台の車に分乗させられ、吉信射点の方向に連れ去られた模様だ。

　吉信射点エリアは、およそ東京ドームの四倍の広さだ。

　その中心部に、通称ＶＡＢと呼ばれる整備組立棟がある。ロケットの組み立てに用《もち》いている建物だ。

　幅三十二メートルの鉄骨・綱板外壁構造で、高層部と低層部に分かれている。

　高層部の高さは六十六メートルで、長さ二十七メートルだ。低層部は高さ十九メートル、長さ四十六メートルである。

　高層部には、移動式のロケット発射台が入れられる造りになっていた。

　低層部には、来年の一月に打ち上げ予定の偵察衛星の第一段・第二段ロケットが保管してある。固体ロケット・ブースターは、まだ試験棟の中だ。

Ｈ－Ⅱロケットは整備組立棟内で、固体ロケット・ブースター、第一段、第二段の順に発射台の上に設置していく。

移動式の発射台は鉄骨構造だ。幅二十二メートル、長さ十八メートル、高さ七メートルである。

この移動発射台は自力で、幅二十メートルのレールの上を走行する。移動発射台ごと射座点検塔に潜《もぐ》り込むわけだ。整備組立棟から射座点検塔まで、約五百メートルの距離がある。その間に敷かれたレールは直線だ。

射座点検塔は鉄骨構造で、固定部と旋回部から成《な》っている。

旋回部は、整備組立棟と向き合う位置にある。固定部は細長い形だが、六十七メートルと高い。本体の中段までエレベーターが通じている。

旋回部は左右に分かれ、それぞれ太い支柱と台車で支えられているわけだ。台車は支柱を中心とした円弧《えんこ》状のレールの上に乗っている。

開閉自在の旋回部は高さ七十五メートル、幅三十メートル、奥行き十七メートルだ。扉を閉じると、一つの建物になる。総重量は約二千五百トンだ。

この射座点検塔の真下には、煙道が掘られている。ロケットの発射時に発生する噴煙は長い地下煙道を抜け、整備組立棟の反対側に散る仕組みになっていた。

ロケットを乗せた移動発射台は射座点検塔の旋回部に収められると、さまざまな点検と整備を受ける。

点検・整備のため、十四階分のフロアが設《もう》けられている。百人を超《こ》す技術者が発射日の数日前までエレベーターを慌《あわ》ただしく利用し、入念な点検と整備を繰《く》り返す。

発射日が近づくと、いよいよ偵察衛星を収納したロケット先端部《フェアリング》を十三階まで吊《つ》り上げ、第二段ロケット部分と結合させる。

発射当日に推進剤である液体水素と液体酸素を注入し、発射管制棟から遠隔操作でロケットを打ち上げる。

来月に打ち上げられる偵察衛星は現在、吉信エリアの外《はず》れにある衛星フェアリング組立棟の中で眠っている。

テロリストグループは本橋首相を断罪したいと言っていたが、それだけではないのだろう。この宇宙センターで何かする気にちがいない。

西村は、そう思った。

いったい何を企《たく》らんでいるのか。偵察衛星を盗み出そうとしているのだろうか。

この不始末の責任は、センター所長の自分が負《お》わなければならない。

西村は、ふと虚《むな》しさに襲われた。ＪＡＸＡの前身、宇宙開発事業団に入ったのは、二十代の半《なか》ばだった。それ以来、宇宙への挑戦という壮大な夢を追いつづけてきた。

職場の研究者や技術者たちとともに寝食を忘れ、最先端技術の開発に没頭した。そのせいで、妻や子には何かと淋《さび》しい思いをさせてしまった。それでも、まだ夢は捨ていない。

しかし、宇宙センターを護《まも》り抜けなかった責任は重い。

視察に訪れた中根文部科学大臣も犯人グループのひとりに殺されてしまった。事件

がどういう形で終わるにしろ、自分は職場を去らざるを得なくなるだろう。

自分の夢を追うだけの人生だった。失ったものが大きいような気がしてならない。

仕事一途《いちず》で、ほとんど家庭を顧《かえり》みる余裕もなかった。妻と旅行をしたことは、数え

る程度だ。最後に睦《むつ》み合ったのはいつだったか。

息子や娘の思春期の悩みにも、まるで気がつかなかった。

妻子が年ごとによそよそしくなっていくことに腹を立てた時期もあるが、すべて自

分が蒔いた種だ。死線をさまよっている母とは、もう一年以上も会っていない。

振り返ってみると、なんと味気ない人生だったことか。

ＪＡＸＡには千人以上の職員がいる。種子島宇宙センター所長になれたことは、一

応の出世だろう。

それなりの出世欲もあって、優秀な上役や同輩と熾烈《しれつ》な闘いをしてきた。

時には、卑劣《ひれつ》な手段でライバルを蹴落《けお》とした。上役の顔色をうかがいながら、小心

翼々と生きてきたことも否《いな》めない。

そうまでして手に入れたポストを、いま失いかけている。

哀しく、辛《つら》い。運の悪さを嘆《なげ》く前に、無性《むしょう》に虚しい気分だ。自分の愚《おろ》かさも腹立たしい。

自分は、どうなってもいい。ただ、もうこれ以上の犠牲者は出てほしくない気持ちだ。

西村は両膝を抱え込んだ。

部屋には、まったく火の気がなかった。種子島とはいえ、冬の寒気は鋭い。

午前六時五十一分

無線の放電音が小さく鳴った。

郷原はレシーバーを軽く押さえた。

「こちら、『桜島』です。偵察隊長の吹上《ふきあげ》といいます」

「ご苦労さま！　極秘戦闘班の郷原です。どうでした？」

「宇宙センターの上空を大きく旋回してみたんですが、テロリストと思われる人影は視認《しにん》できませんでした」

「職員たちの姿は？」

「吉信発射管制棟や射座点検塔に多くの職員がいるようです。素人《しろうと》でよくわかりませんが、組み立てられたロケットに推進剤を注入しはじめてる感じに見えましたね」

「センター内のほかの場所は、どうでした？」

「構内道路にはセンターの車が点々と見えましたが、やはり誰もいませんね。あっ、ちょっとお待ちください。地上班の者から、何か報告が入ってますので」

交信が中断した。少し待つと、ふたたび吹上の声が響いてきた。

「失礼しました。宇宙センターの入口は閉ざされ、臨時休館の貼《は》り紙が出てるそうです。それから、竹崎エリアの食堂棟に犯人グループのメンバーがいるようです」

「人数や人相着衣《ニンチャク》は？」

郷原は宇宙センターの施設配置図を膝の上で拡《ひろ》げた。

「人数ははっきりしませんが、男たちは黒ずくめだそうです。あまり建物に接近しますと、犯人側に気づかれてしまいますので」

「そうですね」

「また何か情報が入りましたら、すぐに連絡いたします」

吹上が交信を打ち切った。

その直後、今度は麻生から連絡が入った。

「郷原君、一年前に逸見忠行《ただゆき》という男がＪＡＸＡを辞《や》めてたよ。その逸見は現在、四十九歳だが、かつてはエリート職員だったらしい」

「何か仕事でミスでもしたんですか？」

「ああ。逸見は数年前にエンジンの燃料試験の際、エンジン本体を破損させてしまったんだよ。当時、逸見は、そのテストの責任者だったそうだ」

「その事故は、確かテレビや新聞で大々的に報道されましたね」

「そうだったね。燃焼試験というのは、液体エンジンや固体モーターをテストスタンドに固定して、作動させてみることらしい。その事故のために、その後のスケジュールが大幅に遅れてしまったんだ」

「記憶がちょっと曖昧《あいまい》ですが、事故原因はちょっとした点検ミスだったのでは？」

郷原は言った。

「ああ、そうだったね。それで責任者の逸見は現所長の西村に強く詰られ、その後、出世の道を閉ざされたようだな。数カ月後に東京勤務になった逸見は閑職に追いやられ、結局、一年前に辞表を書くことになったんだ」

「その後、逸見は何を？」

「これといった仕事には携《たずさ》わってないんだよ。しかし、無職の割には金回りがよくて、たびたび海外旅行をしてる」

「旅行先は？」

「アメリカやロシアが多いね。いずれも旅行目的は観光となってるが、海外で宇宙開発関係の研究者や技術者と接触してる形跡があるんだ。外事課の情報だから、ほぼ間違いないだろう」

「そうでしょうね」

「それからね、奇妙な符号《ふごう》があるんだ。逸見の訪問国に、まったく同じ時期にパゾリーニと思われる人物が入国してる。偽造パスポートを使ってな」

「逸見とパゾリーニは密《ひそ》かに接触を重ねてたのではありませんか？」

「そう考えられそうだね」

麻生が言った。

「逸見はロケット開発の専門家で、パゾリーニは武器商人か。どこに利害の一致があるんでしょう？」

「確かに一見あるようには思えないね。ただ、パゾリーニの件で、国際刑事警察機構《インターポール》から面白《おもしろ》い情報を得られたよ。内戦つづきだったアフガニスタンの首都カブールが反政府勢力タリバンによって、制圧されたね？」

「ええ。政権軍は首都北部郊外まで敗走しましたが、秋になって反撃に打って出ましたよね。パキスタンの仲立ちで休戦の可能性もありますが、どうなりますか。イスラム神学生《タリブ》が中核になってるタリバンは、確かパキスタン国境あたりで結成された組織でしょう？」

「そう。彼らは腐敗したイスラム聖戦士《ムジャヒディン》を追放し、一躍、名を挙《あ》げたんだ。そんなタリバンを後押ししたのが、パキスタン政府なんだよ。もちろん、パキスタン政府はそのことを公式には認めていないが」

「認めたら、国際的な非難を浴びることになりますからね」

「そうなんだ。そのパキスタンに、パゾリーニらしい人物がしばしば入国してるんだよ」

「武器の買い入れのために？」

「いや、逆さ。パキスタン政府に、アメリカの最新兵器を売り込むためだろう」

「警視正、待ってください。内戦を繰り返してきたアフガニスタン国内には、旧ソ連やアメリカの武器が大量に残されてたと思いますが……」

　郷原は言った。

「そういう武器は各民族ごとの武装勢力に渡り、すでに老朽化して使いものにならなくなってるんだ。もともとアフガニスタンは多数の民族が混在する国だから、連立政権の樹立が難しいんだろう」

「旧ソ連の後押しで共産政権が出来る前までは、王制下で民族の統合は保たれてたんですがね。しかし、旧ソ連の侵入によるアフガン戦争で、またモンゴロイド系のウズベク人やハザラ人、イラン系のタジク人や遊牧民パシュトゥン人などの民族対立が激しくなってしまった」

「そうなんだ。そうして内戦を重ねてるうちに、旧ソ連や米国が残していった武器は数が減ったり、役に立たなくなってしまったんだよ」

「そうだったんですか」

「おおかたパゾリーニは、アフガニスタンの内戦が半永久的につづくと読み、パキスタン政府に武器の売り込みをかけたんだろう。パキスタン政府としては、中央アジアへの通商道路を確保したいだろうから、当分、タリバンに肩入れするだろうしね。インドに対抗するために二百キロ前後の高濃縮ウランを持ってると言われてるパキスタンも、通常兵器の保有率はそう高くない。武器商人から、横流し兵器を購入することは充分に考えられるな」

　麻生が言った。

「そうですね。あり得ないからいいようなものの、武器商人が軍事偵察衛星を持っていたら、もっとセールスがしやすくなるんでしょうね。戦地や紛争地の軍備や兵力を正確にキャッチできるわけですから。そういう衛星写真を見せられたら、戦況の不利な側は焦《あせ》って大量の兵器を買い込む気になりますからね」

「郷原君、それかもしれないぞ。パゾリーニは逸見から種子島宇宙センターに関する情報を買って、センターの射座から自分の軍事偵察衛星を打ち上げる気なんじゃないだろうか」

「H－Ⅱロケットを使ってですか⁉」

郷原は、思わず叫んでしまった。二人の部下が同時に振り返った。

「その可能性はあるだろう。現在、三千数百以上の軍事偵察衛星が打ち上げられてる。その大半はロシアとアメリカのものだが、フランス、イギリス、中国なども偵察衛星を飛ばしてるんだよ」

「そうですね。その大半が写真偵察衛星で、広角レンズを取り付けたカメラが搭載《とうさい》されてるんでしょう？」

「ああ、そうだ。撮影された写真は衛星上で現像され、電子信号に置き換えられてから、地上局に送られて再生されてるんだよ。アメリカの最新衛星写真は分解能《ぶんかいのう》が一メートルを切ってる。分解能五メートルで艦船、二・五メートルなら戦闘機、一メートルなら戦車の形がはっきりとわかるらしい」

「そう遠くないうちに、人間の顔までくっきりと見える衛星写真が出てきそうですね」

「ああ、きっとそうなるにちがいない。いくらパゾリーニが大物の武器商人だとしても、アメリカやロシアから戦地や紛争地の衛星写真を入手することは困難だろう」

麻生が言った。

「ええ、そうでしょうね。東西冷戦が終結してから、米ロの両国は偵察衛星を民間用に活用してますが、一般企業や個人が買えるのは資源探査、防災、都市計画、地図作製用の衛星写真だけです。当然、他国の軍事施設関係の衛星写真などは売られてません」

「そうだね。そこで、パゾリーニは個人で軍事偵察衛星を打ち上げる気になったんだろう。しかし、ロケットを造るだけでも百八、九十億円はかかる。ロケットの打ち上げ施設まで自前で造るとなったら、天文学的な費用と時間が必要だ」

「そこで、パゾリーニはちゃっかり日本のロケットと射座を拝借する気になったということですね?」

郷原は、後の言葉を引き取った。

「おそらく、そうなんだろう。偵察衛星そのものは、ロシアかアメリカの技術者を引き抜き、造らせたんじゃないのかな」

「その技術者選びに、逸見が協力したんでしょうか?」

「そうだろうね。パゾリーニは宇宙開発技術そのものには、さほど明るいとは思えない」

「そうですね。われわれの推測が正しいとしたら、犯人グループは本橋首相を人質に取ってる間に、軍事偵察衛星を打ち上げる気だな」

「そう考えて間違いなさそうだね。すでに衛星は密かに宇宙センター内に運び込んであるんだろう。犯人たちは柿沼が捕まったんで、打ち上げ時間を早めるにちがいない」

「わたしも、そう思います」

「逸見は三日前に台湾に渡ってる。おおかた逸見は、種子島のテロリスト集団と連絡を取り合ってるんだろう」

「そうかもしれません。ひょっとしたら、パゾリーニと一緒にいる可能性もありますね」

「考えられるな、それは。わたしは、さらにパゾリーニと逸見のことを隊の者に調べさせよう」

「警視正、こうなってきますと、宇宙センターの職員の中に犯人グループと通じてる者がいるのかもしれませんよ。逸見の職員時代の交友関係も探っていただけますか」

「わかった。それもやらせよう。きみらは何としてでも本橋首相たち人質を奪還し、日軍事偵察衛星の打ち上げを阻止してくれ。パゾリーニの陰謀を打ち砕《くだ》かなければ、日本の警察は世界の笑い者にされるだろう」

「それよりも、国民の税金で造られたH－Ⅱロケットを狂った野望のために使わせるわけにはいきません」

「そうだね。警察の威信よりも、そのほうが大事だ」

「ええ。これから、少し柿沼を締め上げてみます」

「多少、手荒なことをしてもかまわない。わたしが責任を持つ。柿沼を締め上げて、人質の監禁場所と軍事偵察衛星の打ち上げ時間を吐かせてくれ」

麻生が交信を切った。

郷原は五十嵐と轟に声をかけた。

「柿沼の胴にロープをしっかりと巻きつけてくれ」

「空中遊泳を愉《たの》しんでもらうんですね」

五十嵐が立ち上がって、にんまりと笑った。

郷原は無言でうなずいた。

「おれをヘリから吊るす気なのか？」

「吊るすだけじゃない。海水浴も愉しんでもらおうというわけさ」

「おまえら、刑事《デカ》だろうが。被疑者にそんなことしてもいいのかっ」

「よくないな。しかし、おまえが頑張《がんば》ってるから、やらざるを得ないだ」

「くそったれどもが！」

柿沼が、轟の肩に頭突《ずつ》きを浴びせようとした。

轟は立ち上がると、長い脚《あし》を旋回させた。

蹴《け》りは柿沼の首に決まった。柿沼の体が舞う。雷光のような回し蹴りだった。

柿沼は床に落下し、長く唸《うな》った。轟と五十嵐が手早く柿沼の腰に太いロープを巻きつけた。

郷原はシートから腰を浮かせた。

午前七時十分

首相公設第二秘書の山内は、大急ぎで車を降りた。

永田町《ながたちょう》の首相官邸である。

「何かあったんじゃないですか？」

山内は顔見知りの守衛の警官に話しかけた。

「そうみたいですね。でも、何があったかわからないんですよ」

「大臣の先生方が集まってるんでしょ？」

「ええ、昨夜《ゆうべ》からね。会議室にいらっしゃるようですよ」

「そう」

山内は官邸の玄関を潜《くぐ》った。

急ぎ足で、奥の会議室に向かう。会議室の前には、三人のＳ　Ｐ《セキュリティー・ポリス》が立っていた。

三人とも顔見知りだった。しかし、彼らの口は堅《かた》かった。何を訊いても、わからないと繰り返した。

山内はＳＰの制止を振り切って、会議室に入った。

居合《い》わせた閣僚たちが、疲労のにじんだ顔を向けてきた。山内は一瞬、たじろいだ。

「山内君じゃないか」

新保官房長官が声をあげた。

「新保先生、何があったんです？　総理は種子島宇宙センターで何者かに監禁されているのではありませんか」

「どうして、そう思ったのかね」

「わたし、東都テレビの告発放送を観《み》たんです。総理から電話もあり、まさかと否定していたのですが……」

山内は語尾を呑《の》み、新保の顔を正視した。

新保は少し考えてから、首相一行が正体不明のテロリスト集団に人質に取られていることを明かした。

「やはり、事件に巻き込まれていたんですね。それで、救出のめどはどうなんでしょう？」

「警察が極秘裡《り》に救出作戦を展開してる」

「たったそれだけですか？」

「そう言うが、総理の一行だけではなく、大勢のセンター職員たちが人質に取られてるんだ。犯人側を刺激したら、悪い結果を招くことになるじゃないか」

「そうかもしれませんが……」

「きみの心配はよくわかるよ。しかし、焦りは禁物だ」

「は、はい」

「それから、事件のことはマスコミには伏せてある。本橋夫人にも、いっさい話してないんだ。そのつもりでな」

「わかりました。どうも失礼いたしました」

山内は閣僚たちに詫《わ》び、会議室を出た。

SPたちに目礼し、玄関ロビーに向かった。できることなら、自分が本橋の身代わりになりたかった。しかし、それを犯人側が許すはずはない。

官邸の車寄せに出たとき、山内は告発の生放送のことを思い出した。

電波ジャックをした男たちの話は、悪意に満ちた中傷と思いたい。しかし、贅沢《ぜいたく》な暮らしをしている公設第一秘書の角のことを考えると、まるで根拠のない告発でもなさそうだ。

この時刻なら、まだ本橋事務所には誰も出勤していない。オフィスのドアの鍵は、自分が預かっている。

ヤミ献金の事実を証拠だてるような裏帳簿が、事務所内のどこかにあるのだろうか。

泥棒めいたことはしたくないが、このままではどうにも気持ちがすっきりしない。

本橋の潔白の証《あかし》が欲しかった。

山内は自分のマークXに乗り込むと、本橋昇一郎事務所に向かった。

午前七時三十分

トランシーバーがかすかな音をたてた。

シャークは生ハムの塊《かたまり》を丸ごと齧《かじ》りながら、卓上のトランシーバーを摑み上げた。

フェイスキャップは半分ほど捲《めく》ったままだ。

「アリゲーターだ」

アントニオ・コムーネの流暢な日本語が耳に届いた。コムーネは、元シシリアン・マフィアの一員だ。

三十一歳だが、四十代に見える。アリゲーターは暗号名《コードネーム》だった。

ナイフ投げの名人だ。一年ほどミラノで、日本人留学生の女と同棲《どうせい》したことがあるとかで、日本語は実に達者だった。

「何かあったのか?」

「種子島灯台の近くの海岸に不審なゴムボートが接近してきたんで、機関銃弾を見舞ってやったよ。ボートに乗ってた三人の男は、慌てて沖に逃げてった。おそらく奴らは、鹿児島県警の者だろう」

「ああ、そうだろうな。今度近づいてきたら、ぶっ殺しちまえ」

「そうするよ」

「ヘリはどうした？」

「時々、こっちに接近してくる。目障《ざわ》りで、神経が苛《いら》つくぜ」

「ロケット・ランチャーで撃墜してもいいぜ」

「ほんとかい？」

「こっちは首相を押さえてるんだ。警察なんか、どうってことない。片っ端から始末しちまえ」

シャークは言って、また生ハムに喰《く》らいついた。

少し前に、調理場の大型冷蔵庫から取り出した生ハムだった。

「お巡《まわ》りを殺《や》れるなんて、最高だぜ。おれはガキのころからお巡りと蛇が大っ嫌いなんだ」

アリゲーターは見張り役のチーフだ。五人の仲間と宇宙センター内の繁《しげ》みに身を潜《ひそ》め、警察の動きを探っていた。

「そのうち、警視庁のヘリもやってくるはずだ。イーグルを乗せてな。そしたら、榴弾《グレネード》でヘリを爆破しろ」

「シャーク、それはないんじゃねえの。イーグルがいるんだろ?」

「ああ。しかし、もうイーグルはお払い箱だ。奴も一緒に始末しろ」

「相変わらずドライだな。同じ日本人同士じゃねえか。それに、戦友でもあるのに」

「しかし、奴は失敗《ドジ》った。間抜けはいらん。それに敵の手に落ちた奴は味方じゃない。最悪の敵かもしれん」

「あんたがそう言うなら、別におれはかまわないぜ。ところで、作戦は順調に進んでるんだろう?」

「心配するな。ジャッカルが技術者どもを急《せ》きたててるから、予定時間を早めても問題はない」

ジャッカルの本名はボブだ。

「そうかい」

「切るぜ」

シャークはトランシーバーをテーブルの上に置いた。

ＪＡＸＡの的場理事、首相秘書の角、死んだ中根文科大臣秘書の後藤の三人は食卓に突っ伏している。

本橋は椅子《いす》の上で胡坐《あぐら》をかき、じっと目をつぶっていた。SPたちはドアのそばに横一列に腹這《はらば》いにさせてあった。コヨーテは塙というSPのそばに坐り込んでいた。

「きみらは何をしようとしてるんだ？」

本橋が瞼《まぶた》を閉じたまま、シャークに問いかけてきた。

「あんたが知る必要はない」

「東都テレビのスタジオを占拠した仲間たちは逮捕されたようだな」

「それがどうした？」

「約束が違うじゃないか。生放送が終わったら、われわれを解放してくれるという話だったはずだ」

「告発の生放送は終わっちゃいない。警察に邪魔されたからな。だから、おれたちは別の形であんたを断罪することにしたのさ。そういうわけだから、もう少しつき合ってもらうぜ」

シャークは、もっともらしく言った。

「そんな嘘が通用すると思ってるのかっ。わたしを断罪するというのは陽動で、実は最初から宇宙センターで何かをする気だったんだろうが」

「いいだろう、教えてやる。北朝鮮に核ミサイル弾を撃ち込むのさ」

「ほんとなのか⁉」

本橋が瞼を開けた。

「冗談だよ。そんなにびっくりした面《つら》するな。おれたちはある方法で、あんたが腐りきった政治家だってことを世界じゅうの人間に訴《うった》えるのさ」

「三人の告発映像を通信衛星か何か使って、世界に流す気なのか⁉」

「いい勘《かん》してるじゃねえか。その通りだよ。例の映像が世界じゅうに流れるまで、あんたは解放しないぜ」

「そんなことはやめてください。先生のイメージが……」

角が急に顔を上げた。

「おまえは、おとなしく寝てな」

「しかし……」

「死ぬ気なのかい？」

シャークは薄く笑って、サブマシンガンの銃口を角の側頭部に押し当てた。角が頬《ほほ》を引き攣らせ、またテーブルに突っ伏した。

と、的場理事が顔を伏せたまま、小声で言った。

「そういうことなら、人質は本橋総理ひとりだけでいいでしょう？　わたしには、関係のないことだ。わたしを自由にしてもらえんかな」

「諦《あきら》めの悪いおっさんだな。中根みたいになりてえのかっ」

「いやだ、殺さないでくれ。ここにいるよ、わたしも」

「そうしろ」

シャークは短機関銃《サブマシンガン》の銃身を肩に載《の》せ、テーブルに腰かけた。

「シャーク、ちょっと頼みがあるんだ」

コヨーテが言った。

「何だい？」

「このＳＰさんと朝の散歩をしてえんだよ」

「朝の散歩？」

シャークは訊き返した。コヨーテがにやついて、塙の腰を撫で回した。

「そういうことか」

「ああ」

「しかし、外は寒いぜ。ここで、ＳＰさんの尻《ケツ》を抜いてやれよ」

「おれはそれでもかまわねえけどさ、こちらさんが恥ずかしがるだろう。そう時間はかからねえよ。いいだろう？」

「好きだな、コヨーテも。わかった、表で愉しんでこい」

シャークは言った。

コヨーテが塙を優しく立たせた。シャークは、塙の従順さが気になった。

塙は、ずっとコヨーテに憎悪の目を向けてきた。表に出たら、彼は隙《すき》を衝《つ》いてコヨーテを捩《ねじ》伏せる気なのではないのか。

「コヨーテ、油断するなよ。その男は、何か考えてるぜ」

「手錠は外さないから、安心してくれ」

「そうしたほうがいいな」

シャークは言った。

コヨーテがうなずき、塙と一緒に外に出ていった。シャークは何か悪い予感に包まれたが、二人を呼び止めなかった。

午前七時五十四分

機は知多《ちた》半島の上空を飛行中だった。

郷原はスライドドアを開け、ロープ・ウインチのスイッチを押した。すぐにロープが巻き揚《あ》げられはじめた。ロープの先には、柿沼の体を括《くく》りつけてある。

郷原はドアの下を見た。

柿沼は、ぐったりとしている。バトルスーツも水浸《びた》しだった。何度かヘリコプターの高度をぐっと下げさせ、海水に沈めたのだ。

つい先ほど愛知県警のヘリコプターが接近してきて、無線で事情説明を求めてきた。ヘリコプターから吊り下げられている柿沼の姿を見た漁船員が、漁船組合を通じて一一〇番通報してきたという話だった。

郷原は刑事であることを明かし、愛知県警のヘリコプターに引き揚げてもらったところだった。

ウインチが停《と》まった。

五十嵐と轟が二人がかりで、柿沼を機内に引っ張り上げた。柿沼は、ずぶ濡《ぬ》れだった。歯の根も合わないほど、ぶるぶると震《ふる》えている。

「ヒーターを強めてくれ」

郷原は宇津木に言って、スライドドアを閉めた。風切り音が熄《や》んだ。

「真冬の海水浴はどうだった？」

五十嵐が茶化した。

柿沼は何か言いかけたが、言葉になっていなかった。唇は紫色だった。

「飲むか？」

轟がウイスキーのポケット罎《びん》を差し出した。張り込み用のウイスキーだった。

柿沼が顔を上げ、口を開けた。轟がキャップを開け、少しずつウイスキーを流し込んだ。幾度《いくど》もむせたが、柿沼は壜が空《から》になるまで口を閉じなかった。

「いったん素っ裸になって、寝袋に潜《もぐ》るか？」

郷原は言った。

「こ、このままでいい」

「その恰好《かっこう》じゃ、肺炎を起こすぞ」

「う、うるせえ！」

柿沼が喚《わめ》いた。

郷原は二人の部下に目配せし、柿沼のロープと手錠を外させた。さらに濡れたバトルスーツを脱がさせ、毛布で体を覆《おお》わせた。

轟が柿沼の衣服を絞りはじめた。五十嵐が強引に柿沼を寝袋の中に潜り込ませた。

郷原は屈《かが》んだ。

「おまえが飲んだウイスキーには、ＦＢＩが使ってる自白剤が入ってたんだ」

「なんだと⁉　ほんとなのか？」

柿沼が目を剝いた。

郷原は無言でうなずいたが、事実ではなかった。ウイスキーには何も混ざってはいない。

「そのうち、おまえは眠くなる。半覚醒《かくせい》の状態になったら、何もかも吐くようになるだろう」

「汚ない手を使いやがって。おれは殺されたって、何も喋らねえぞ」

「無駄は省《はぶ》こうや。おまえの仲間たちは、H－Ⅱロケットを使って、軍事偵察衛星を打ち上げる気なんだなっ」

「そんなことできるわけないだろうが」

柿沼が言った。わずかだが、はっきりとうろたえた。

「いや、その気になれば、できるはずだ。おそらく、おまえたちは宇宙センターの技術者を脅して使う気なんだろう。もうロケットの組み立てに取りかからせてるんじゃないのか」

「あんた、とんでもない勘違いをしてるな。おれたちが、軍事偵察衛星を飛ばす気でいるって⁉　なんで、そういう話になるんだい？」

「おまえらを動かしている人物は、もうわかってるんだ。一年前までＪＡＸＡの職員だった逸見忠行とイタリア人の武器商人のアルベルト・パゾリーニの二人が黒幕だな！」

「どっちも初めて聞く名だな」

「無駄なあがきはやめろ。自白剤が効《き》いてきたら、おまえは何もかも喋ることになるんだ」

郷原は言った。

「なら、そう焦ることもねえだろうが。違うかい？」

「おれたちはロケットの打ち上げ時間を早く知りたいんだよ」

「その後の台詞《せりふ》は、正直に喋ってくれりゃ、悪いようにはしないだろ？」

柿沼が言って、唇を大きく歪《ゆが》めた。

「喋る気はないってわけか」

「おれたちの狙いは、本橋から少しまとまった銭を引き出すことさ。それ以外のことは考えちゃいねえよ。おれたちは本橋がヤミ献金を集めてることを立証できる録音音声や写真データを持ってるんだ。東都テレビのスタジオには持っていかなかったがな。そいつを百億で買い取らせようって筋書きさ。だから、おれは八スタでわざと告発しなかったんだ。鏡たち三人の話で、本橋にインパクトを与えられると思ったからな」

「おまえの話には、かなり無理がある」

「どこに？」

「本橋首相から百億円を脅し取ることが真の犯行目的だとしたら、何も首相を宇宙センターに留《とど》めておく必要はないわけだ」

「それは、たまたま本橋を種子島で拉致したからじゃねえか。人質をあちこち動かすのは、何かと危険だからな」

「そうだとしても、おまえの話はおかしい。おまえの仲間は、政府や本橋首相の家族に百億円を未《いま》だに要求してない」

「それは、これから仲間が要求することになってるんだ」

「本橋首相を人質に取ってから、もうかなりの時間が流れてるはずだ。ずいぶん呑気《のんき》な話じゃないか」

郷原は言葉に皮肉を含ませた。

「おれたちは慎重に行動してんだ」

「うまく言い逃《のが》れたつもりだろうが、おれはおまえの話をすんなり信じるほどのお人好《よ》しじゃない」

「いい加減にしてくれ。おれは、もう何も喋らねえぞ」

柿沼が怒声を放ち、横を向いた。郷原は、柿沼に前手錠をかけろと轟に命じた。

轟が手錠を打ったとき、宇津木が告げた。

「本庁から無線が入りました」

「いま、出る」

郷原は前部シートに戻り、レシーバーを耳に当てた。すぐに麻生の声がした。

「いま、国際刑事警察機構《インターポール》を通じてイタリア警察から、いい情報が入った。パゾリーニらしい人物が五日前に台湾に入国したらしい。ジョゼッペ・バンディーノという名義の偽造パスポートを使ってるそうだ」

「逸見も台湾にいるんでしたね?」

「家族の証言で、台北《タイペイ》の一流ホテルに泊まってることがはっきりした。身内を装《よそお》って、そのホテルに電話をしてみたんだが、きのう午後に外出したまま部屋には戻ってないそうだ」

「パゾリーニと落ち合って、実行犯グループに指示を与えてるんでしょう」

「その可能性はあるね。それから、パゾリーニの私設軍隊に二人の日本人がいることがわかったよ。ひとりは暗号名がイーグルの柿沼等で、もうひとりはシャークという暗号名を使っている室伏周《むろふしあまね》という男だ。三十三歳で、イギリスやベルギーの危機管理会社で働いていたらしい。それ以前はアフリカの各国で傭兵《ようへい》をしてたようだ」

「シャークは柿沼に無線連絡をしてきた奴です。自衛官か、警察官崩れでしょうか?」

「いや、どちらでもないね。おそらく、室伏は世界放浪か何かしていて、現地採用の助《すけ》っ人《と》兵士になったんだろう。いろんな軍隊を渡り歩いているうちに、プロの戦争屋になったのかもしれない」

　麻生が言った。

「これで、パゾリーニが事件に関与してることは間違いないですね」

「ああ。インターポールの話によると、パゾリーニの私設軍隊は英米の特殊部隊員崩れのほかに、イタリア人の元マフィア、アルジェリア人の元軍人、ドイツのスナイパー、フランスの元警官など十六カ国の人間がいるそうだ」

「隊員数は？」

「約百人だが、そのうちの約三十人がイタリア、イギリスなどから一週間ほど前に揃《そろ》って姿を消してるらしい。誰も正式な出国手続きはしてないという話だから、密航船を使って種子島に上陸したと思われるな」

「ええ、おそらく」

「それから、もう一つ気になる情報があるんだ。屋久島《やくしま》沖八キロの海上に、偽装されたメガフロートが漂《ただよ》ってたという情報が入ったらしいんだ」

「メガフロートというと、超大型の浮体構造物ですね？」

「そうだ。楽にヘリコプターが離発着できる大きさらしい。おそらく種子島にいる連中は船かヘリからメガフロートに移って、夜陰に乗じて島に上陸したんだろう。しかし、近くに曳《ひ》き船は見当たらないそうだ」

「そうだとしたら、首相を押さえたテロリスト集団は台湾からヘリで飛来したんでしょうか？」

郷原は言った。

「いや、それは無理だろう。自衛隊のレーダーに捕捉《ほそく》されるだろうからな」

「そうですね。ヘリを搭載した外国船籍の大型船で日本に接近し、そこからヘリを飛ばして、メガフロートに降り立ったんでしょうか？」

「だとしたら、近くの島の小さな入江にでもタグボートが潜んでるだろう。あるいは、爆破したのかもしれないが、それなら船体の破片が見つかるはずだ。いずれにしろ、犯人たちの逃走ルートを押さえられるかもしれない。海上保安庁に協力を願おう」

「お願いします」

「わかった。ところで、柿沼はどうだね？」

麻生が訊いた。郷原は、柿沼がシラを切りつづけていることをかいつまんで伝えた。

「本橋首相から百億円を脅し取る気だという話は、苦し紛《まぎ》れの嘘だろう」

「そうだと思います」

「郷原君、『ＳＡＴ』のメンバーも、きみらの後を追っている。数十人のテロリスト、大勢の人質と困難な状況だが、何とか解決してくれたまえ」

「わかりました。『ＳＡＴ』の連中を支援部隊として使わせていただきます」

「よろしく頼むよ。また何か情報が入ったら、連絡しよう」

「はい」

「それでは、もう少し粘《ねば》って、柿沼から少しでも多くの情報を引き出してくれないか」

麻生が交信を打ち切った。

郷原はレシーバーを外し、ふたたび寝袋に近づいた。

「種子島の仲間のリーダーの身許《みもと》が割れたぜ。シャークこと、室伏周だ。おまえと室伏がパゾリーニの私設軍隊に所属してることもわかってるんだ」

「室伏って誰だい？　パゾリーニなんて奴も知らないね」

柿沼が片目だけを開け、そう答えた。

想像以上に手強《てごわ》い敵だ。郷原は肩を竦《すく》めた。

午前八時二十六分

食堂棟内の特別室のドアが開いた。

シャークは、反射的に出入口に視線を投げた。

前手錠を掛けられたコヨーテが立っていた。そのすぐ後ろにいるのは、ＳＰの塙だった。

塙は右手の短機関銃でシャークを狙い、左手の自動拳銃をコヨーテに向けている。

どちらもコヨーテの武器だ。

「やっぱり、こういうことになったか」

シャークは呟《つぶや》いた。

コヨーテの股間《こかん》のファスナーは開いていた。

「失敗《ドジ》を踏んだな、コヨーテ」

「すまねえ。まさか塙が反撃に打って出るとは思わなかったんだ。だってよ、こいつは先におれがくわえてやったら、嬉《うれ》しそうな顔をしたんだぜ」

「だから、手錠を外してやったのか？」

「そうだよ」

「おまえも焼きが回ったな」

「そう言うが、シャーク……」

「言い訳は見苦しいぜ」

シャークは顔をしかめた。そのとき、塙がシャークに言った。

「武器をゆっくりとテーブルの上に置いて、後ろの壁まで退《さ》がれ」

「逆《さか》らったら、どうする？」

「変態野郎の頭を吹っ飛ばし、おまえもシュートする」

「大変な自信だな。できるのかい？」

シャークはにっと笑い、ひとまず塙の命令に従った。

「みなさん、早くこちらに来てください」

塙が本橋、的場、角《すみ》、後藤の四人に声をかけた。

四人は、われ先にテーブルを離れた。

「角さん、三人の手錠を外してやってください」

塙が首相の第一秘書に声をかけ、コヨーテから奪った鍵を渡した。

角が床に坐り込んでいる松居、登坂、黒沢の三人の手錠を外した。

「拳銃と無線機を返してもらおうか。確か調理場のどこかに隠したはずだな」

松居が言った。

「欲しけりゃ、自分で取ってきな」

「床に腹這いになれ！」

「くそったれが」

シャークは中腰になるなり、イタリア製の短機関銃《サブマシンガン》を卓上から掬《すく》い上げた。

コヨーテが塙の向こう脛《ずね》をジャングルブーツの踵《かかと》で蹴り、床にスライディングした。

シャークは引き金を絞った。セレクターは全自動《フルオート》に入っていた。

機関銃弾が疾駆《しっく》していく。塙が被弾し、よろけた。よろけながらも、彼は応射してきた。

シャークは右耳に灼熱《しゃくねつ》感を覚えた。一瞬、聴覚を失った。耳が千切れたことは間違いない。生温かい血の条《すじ》が、首筋を這《は》いはじめた。撃たれたことで、シャークは逆上した。

塙の全身に銃弾をぶち込み、さらに三人のＳＰと角を撃った。被弾したた五人は、すぐに動かなくなった。

硝煙《しょうえん》で、食堂の中は白く塗り込められた。血臭も濃い。

「う、撃たないでください」

「殺さないでくれーっ」

後藤と的場が同時に哀願し、顧問を濡らしはじめた。恐怖に耐えられなくなって、尿《にょう》失禁してしまったのだ。

「狂ってる。きさまはクレージーだ」

本橋が震え声で罵《ののし》った。

シャークは冷たく笑い、手早くマガジンを交換した。

「ありがとよ、シャーク」

コヨーテが立ち上がった。

「おまえは悪運が強い男だ。おれは、おまえを一緒に撃ってもいいと思ってたんだがな」

「わかってたさ。だから、とっさにスライディングする気になったわけだ」

「相変わらず、抜け目がねえな」

「くっくっく。それにしても、塒って野郎には頭にくるぜ。それなりの決着《オトシマエ》をつけねえとな。ちょっと道具を取ってくる」

「コヨーテ、何をする気なんだ?」

シャークは問いかけた。コヨーテは何も答えずに、あたふたと外に飛び出していった。

「三人とも、元の場所に坐れ」

シャークは、殺さなかった人質たちを睨《ね》めつけた。本橋たち三人が次々にテーブルに着いた。

シャークは煙草に火を点けた。

半分ほど喫ったとき、コヨーテが戻ってきた。電動鋸《エンジン・チェーンソー》を抱えていた。

万が一、警察に追われた場合、大木を切り倒し、パトカーなどの進路を防ぐことになっていたのだ。

電動鋸《のこぎり》は、食堂棟の近くの繁みの中に隠してあった。

「おまえを騙《だま》した野郎の胴体を切断する気なのか?」

シャークは訊いた。

「見てのお楽しみさ」

「手脚《てあし》を切り落とす気らしいな」

「まあ、見てなって」

コヨーテが電動鋸のエンジンを唸らせはじめ、血みどろの塙の死体を跨《また》いだ。チェーンソーの刃は首筋に当てられた。

すぐに血煙《し》が舞い上がった。

天井に赤い染みが散った。肉と骨を断《た》つ音が、ひとしきり響いた。

首相たちが口許《くちもと》を押さえ、申し合わせたように喉《のど》を軋《きし》ませはじめた。三人とも背中を激しく波打たせたが、誰も吐かなかった。

コヨーテが電動鋸のエンジンを切った。

フェイスキャップは、返り血で真っ赤だった。

コヨーテは塙の分身を掴み出すと、ナイフで根元から抉《えぐ》り取った。それを生首の口の中に突っ込み、満足げに笑った。

「それで、気が済んだか?」

「まあな」

「ついでに、おまえの自慢のペニスを尻《ケツ》に突っ込んでやれよ」

「相手が生きてなきゃ、つまらねえさ」

「そんなもんか」

シャークは煙草を足許《あしもと》に捨て、火を踏み消した。

その数秒後、小型無線機が懐《ふところ》で鳴った。

「何か変わったことはないか?」

イタリア語だった。

「イーグルが警察に捕まりました。警視庁の特殊チームの連中がイーグルを弾避《たまよ》けにして、ヘリでここに乗り込んで来る模様です」

シャークもイタリア語を使った。

「なぜ、そんな大事なことをもっと早く連絡してこなかったんだ」

「あなたが、ここでの指揮はすべてわたしに任《まか》せるとおっしゃられたので……」

「シャーク、思い上がるな。予想外のことが起きたら、すぐさまわたしに連絡するんだっ」

「申し訳ありません。以後、気をつけます」

「それで、おまえがイーグルと無線で交信した時刻は？」

「午前六時十分前後だったと思います」

「ヘリがどのあたりを飛んでるのかは、わからなかったんだな？」

「ええ。ただ、いつこちらに警察のヘリが到着しても迎撃態勢は万全です。さきほどアリゲーターに、イーグルの乗ったヘリをロケット・ランチャーで撃ち墜《お》とせと命じておきました。イーグルが口を割ったかもしれませんので」

「宮崎沖の船上で待機中の別働隊に始末させよう」

「わかりました」

「そういうことなら、予定を大幅に変えざるを得ないな。日本生まれのロケット専門家と相談して、後で決行時間を連絡する」

「はい」

「そのほか、何かあったか？」

「少し前に四人のSPと首相の第一秘書を射殺しました。コヨーテが殺《や》られそうになったものですから」

「そうか。なら、少し早いが首相を次のポイントに移せ」

通信が切れた。シャークは小型無線機を内ポケットに戻し、本橋に言った。

「おまえたち三人は、別の建物に移ってもらう。ここは死体だらけだからな」

「われわれをどこに連れていく気なんだ？」

「すぐにわかる。ここよりは、ずっと快適な場所だよ」

「まさか、そこでわれわれ三人を殺す気なんじゃないだろうな」

本橋の声は戦《おのの》いていた。

シャークは返事をしなかった。目顔《めがお》で三人の人質に歩けと促《うなが》した。

午前八時五十三分

眼下の太平洋は青く光っている。

警視庁の大型ヘリコプターは、四国の高知沖を飛行中だった。郷原は最後列のシートに腰かけたまま、大きく伸びをした。

すでに三時間半近く機上にいる。いくらか腰が痛かった。

二人の部下も、少し前から首を回したりしている。柿沼は背後の寝袋の中で、かすかな鼾《いびき》をかいていた。

内ポケットのセブンスターを摑み出そうとしたとき、警視庁通信指令本部から麻生のコールがあった。

「郷原君、海上保安庁から連絡があって、南西諸島近海に不審な影は見つからなかったそうだ。それから、逸見のセカンドハウスのマンションの隠し金庫に、ハイテクを駆使した軍事偵察衛星の設計図の写しがあったよ。預金通帳も見つかった。スイス銀行経由で、パゾリーニと思われる人物から日本円にして総額三億八千万円が振り込まれていた」

「誰が、その軍事偵察衛星の基本設計をしたんでしょうか？」

「そのあたりは、はっきりしないんだ。しかし、米ロの科学者という郷原君の推測は大きく外れてないと思う。逸見が基本プランを練《ね》り、ロシアやアメリカの超一流の人工衛星開発者たちが修正を加え、設計図を書いて、密かに二トンの軍事偵察衛星をこしらえたんだろう」

「そうだとしたら、逸見はパゾリーニに軍事衛星部門の責任者として迎えられたのかもしれませんね。三億八千万円は支度金《したくきん》なんでしょう」

郷原は言った。

「そうなのかもしれない。それから、逸見は宇宙センター勤務時代から、技術課の十勝慎吾という部下をかわいがっていたようだ。退職後も、逸見は十勝と連絡をとり合ってたというから、その男が犯人グループに協力してた可能性はあるね」

「十勝は、いくつなんです?」

「二十九歳だよ。十勝は逸見を慕《した》ってるらしく、西村センター所長のことはあまり快《こころよ》く思ってない節《ふし》があったようだ。西村のほうは、十勝の仕事ぶりを評価してるという情報が入ってるんだが……」

「そうですか。そういうことなら、十勝が室伏たちテロリストを手引きしたと考えていいと思います」

「そうだね。それはそうと、柿沼はまだ頑張ってるようだな」

「ええ、しぶとい奴です」

「そうだな。しかし、諦めないでくれ」

「はい」

『SAT《サット》』のヘリは、順調にきみたちの後を追ってるという連絡があったよ」

麻生が交信を打ち切った。

ちょうどそのとき、パイロットの宇津木が大声を上げた。

「レーダーに少し気になる機影が……」

「どういうことだ？」

郷原は立ち上がって、操縦席に歩み寄った
レーダーは、日向灘《ひゅうがなだ》から北上してくる機影を捉《とら》えている。およそ十キロ先だった。

「いくらコールしても、応答がないんですよ」

「このヘリのコースを逆から飛んできてるようだな」

「ええ、そうです。当然、向こうの機のレーダーは、このヘリを捕捉してるはずなんですがね」

「犯人グループが迎え撃つ気になったんだろう」

「ええっ」

宇津木の顔から、みるみる血の気が引いていった。

「怯《おび》えることはないよ。きみは、おれの指示通りに機を操《あやつ》ってくれ」

「は、はい」

「武装の準備にかかれ」

郷原は二人の部下に言った。五十嵐がスナイパーライフル、轟がM203グレネード・ランチャー付きのM16A2カービンを手にした。

郷原は八十一ミリのロケット・ランチャーを抱えた。アメリカ海軍の要請で、マクダネル・ダグラス社が開発したものだ。

数分後、雲間から不意に細長い機体の武装ヘリコプターが姿を見せた。

AH－ISコブラだった。二人乗りの武装ヘリコプターだ。胴体は十三メートル六十センチあるが、幅は九十一センチと狭い。被弾率を下げるために工夫された設計だ。

機首には、M197ガトリング砲が三砲身固定されている。二十ミリの機銃弾が一分間に七百三十発も放てる。

砲塔は、乗員のヘルメットサイトと連動していた。照準鏡《サイト》付きのヘルメットを動かすだけで、ユニバーサル・ターレットが上下左右に移動し、機銃弾が飛び出す。

前のシートには銃手《ガナー》がいた。濃いサングラスをかけているが、日本人ではなさそうだった。後ろにいるのはパイロットだ。

「左旋回！」

郷原は大声で命じた。

ヘリコプターが左に傾きはじめたとき、コブラのガトリング砲が火を噴《ふ》いた。連射音に驚いた柿沼が寝袋ごと跳《は》ね起きた。

「仲間が、おまえの口を封じに来たぞ。コブラの二人は、おまえの仲間だなっ」

郷原は柿沼に言って、ヘリコプターを急上昇させた。武装ヘリコプターが下から追ってくる。

二十ミリのガトリング砲弾が、大型ヘリコプターの脚部に何発か着弾した。そのつど、宇津木が悲鳴を上げた。

柿沼が寝袋から出て、風防シールドに顔を寄せた。

「おれが乗ってるのを知ってて、奴ら……」

「やっぱり、おまえの仲間だったか」

郷原は柿沼に言ってから、パイロットに声を投げた。

「今度は右に大きく旋回しながら、高度を下げてくれ」

「コブラの下に潜《もぐ》り込むんですね？」

「そうだ。ガトリング砲は上下に七十度程度しか動かせないはずだからな」

「了解！」

宇津木が機を右に傾けはじめた。

コブラのパイロットは、郷原の考えていることを見抜いたらしい。武装ヘリコプターが急上昇しはじめた。

「ローターを狙え」

郷原は五十嵐に命じた。

五十嵐がスライドドアを横に払った。機内に凄《すさ》まじい風が躍《おど》り込んできた。五十嵐がスナイパーライフルを構え、たてつづけに二発撃った。

しかし、どちらも的《まと》から大きく逸《そ》れていた。

コブラのガトリング砲が、また連射音を轟かせはじめた。二十ミリ弾の雨が斜《なな》め上から降ってくる。

宇津木は水平飛行で、辛《かろ》うじて二十ミリ弾を躱《かわ》した。

「班長《キャップ》、このままでは危《ヤバ》いですよ。こいつを使わせてください」

左手にM16A2を持った轟が、右手の榴弾《グレネード》を胸の高さまで掲《かか》げた。

郷原は許可を与えた。轟がM203型ランチャーに榴弾《りゅうだん》を込める。

グレネード・ランチャーを構えたとき、柿沼が肩を轟にぶつけた。轟の体が少しふらついた。弾みで、グレネードが発射してしまった。

榴弾はコブラに掠《かす》りもしなかった。

柿沼が床に頽《くずお》れた。右の肺と太腿《ふともも》に被弾していた。

郷原は、すぐに柿沼をスライドドアから遠い場所まで引っ張っていった。柿沼が一瞬、意外そうな表情になった。

「柿沼を死なせるな」

郷原は二人の部下に言って、ロケット・ランチャーに八十一ミリの砲弾を装填《そうてん》した。太い砲身を肩に担《かつ》ぎ、サイトをコブラのローターに合わせた。

撃つ。

十三メートル四十一センチのローターが、真っ二つに吹っ飛んだ。コブラは失速し、真下の海に落ちていった。

ほどなく海面から、高い水柱《みずばしら》が上がった。

コブラは少しの間、海面に浮かんでいたが、ゆっくりと沈みはじめた。脱出したガナーとパイロットは必死に泳いでいる。

「海保に連絡して、コブラの二人を押さえてもらってくれ」

郷原はスライドドアを閉めて、宇津木に言った。

宇津木は操縦桿《そうじゅうかん》を操りながら、無線のマイクを握った。郷原は、轟の応急処置を受けている柿沼に語りかけた。

「しっかりしろ」

「お、驚いたよ、さっきは。ま、まさかおれを庇《かば》ってくれるとは、お、思わなかったからな」

「もう仲間を庇う気はないだろう。奴ら二人は、おまえと同じくパゾリーニの私設軍隊の兵士だな」

「ああ、そうだよ」

「パゾリーニは逸見忠行と共謀して、H－Ⅱロケットで軍事偵察衛星を打ち上げる気なんだな？」

「ぐ、軍事偵察衛星はその通りだが、い、逸見は共謀者じゃない。ボスはパゾリーニだ。逸見は軍事偵察衛星の設計プランを練って、ち、地上局の責任者のポストに就《つ》くことになってるだけだよ」

柿沼が素直に吐いた。

「種子島に上陸した仲間は何人だ？」

「に、二十人だ」

「ロケットは、どの射点から打ち上げる予定なんだ？」

「吉信射座だよ。ぐ、軍事偵察衛星は宇宙センターにある。ロケットの組み立ても、もう終わってるだろう」

「軍事偵察衛星は、どこで造られた？」

「ロ、ロシアとアメリカさ。金で抱き込んだ最高の宇宙開発研究者を二人ずつ選んで、それぞれの国にパゾリーニが建設した工場でパーツを半分ずつ造らせたのさ。そ、そいつをおれたちがロシアとアメリカから密かに持ち出して、台湾の高雄《カオルーン》にあるパゾリーニの秘密工場内で完成させたんだよ。パーツを組み合わせたのは、逸見のスタッフさ。え、え、衛星が出来たのは三カ月以上も前だ」

「ロケットの打ち上げ予定時間は？」

郷原は訊いた。

「さ、さ、最初の予定は今夜八時だったんだ。し、しかし、おれが失敗《ドジ》踏んだんで、発射時間を早めるだろうな」

「パゾリーニは、どこにいる？」

「お、お、沖縄の沖あたりにいると思う。た、た、多分、逸見も一緒だろうな」

「パゾリーニたちは、どんな船に乗ってるんだ？」

「リベリア船籍の大型コンテナ船に……」

柿沼が言って、急にむせた。口から、多量の血を吐いた。

「おまえたちはロケットを打ち上げたら、どうやって逃走するつもりだったんだ？」

「ゴ、ゴムボートで浜から沖のメガフロートまで行って、そこでヘリを待つことになってるんだ」

「ヘリでコンテナ船に運んでもらって、台湾に逃げ込むってわけか」

「台湾に逃げるんだが、ず、ずっとコンテナ船に乗ってるわけじゃない」

「どういうことなんだ?」

「コンテナ船の船底には、パ、パゾリーニの小型潜水艦がへばりついてるんだ。小判《こばん》鮫《ざめ》みたいにな」

「大きさは?」

「ぜ、ぜ、全長四十二メートル、幅五・六メートルだが、三十六人乗りなんだよ。コ、コンテナ船の底に潜水艦のハッチが接続されてるから、だ、誰にも覚られないで艦内に乗り込めるんだ」

「コンテナ船の名は?」

「そ、それは、知らない……」

「パゾリーニたちは、種子島にいる二十人を何時に迎えに来ることになってたんだ?」

郷原は訊いた。

「夜の八時四十五分だよ。で、でも、予定が変更になったはずだから、もっと早く来るだろう」

「そうか」

「宇宙センター職員の十勝が、シャーク、いや、室伏たち二十人を手引きしたんだな?」

「ああ。と、十勝って奴が本橋や中根が宇宙センターを視察する日時やスケジュールを教えてくれたのさ。十勝は、いずれ逸見の下で働くことになってるんだよ」

「やっぱり、そうだったか」

「お，お、おれも甘いよな。室伏だけは信じてたんだがね」

柿沼が口から血糊《ちのり》をごぼごぼと吐きつづけた。

「しっかり気を保《も》て。病院に入れてやる」

「も、もう駄目さ……」

「喋らないほうがいい」

郷原は柿沼の肩に手を置いた。

そのすぐ後、柿沼の首ががくりと落ちた。郷原は手首を取った。脈は打っていなかった。

午前九時二十八分

山内は日比谷《ひびや》公園の脇にマークXを駐《と》め、物思いに耽《ふけ》っていた。

どこをどう走ってきたのか、よく思い出せない。

先輩秘書の角《すみ》の机の奥にあった金庫の暗証番号を記《しる》した手帳を見つけたのは、八時過ぎだった。まだ職場には、誰も出勤していなかった。

しかし、なかなか金庫には近づけなかった。尊敬している本橋に矢を向けるような気持ちがあって、容易に踏ん切りがつかなかったのだ。

そのくせ、角の手帳を元の場所に戻す気にもなれなかった。東都テレビの電波を盗んだ男たちが告発したときの映像が脳裏にこびりついて離れなかったせいだろう。

ようやく迷いをふっ切ったのは、八時四十分ごろだった。

金庫は、すんなりと開いた。ヤミ献金の裏帳簿は二重底の箱の中に収めてあった。

それには献金企業名、金額、受け渡しの日時、運び屋の氏名などが克明に綴《つづ》られ、さらに各企業が便宜《べんぎ》を図ってほしい事柄まで記述されていた。

ヤミ献金に応じたのは製薬会社だけではなく、卸《おろし》問屋、小売業者の計二百四十七社だった。ヤミ献金の総額は五百億円を上回っていた。

告発者たちの断罪行為が事実に基づいていることに、山内は二重のショックを受けた。

日本の政治は確かに金がかかる。しかし、クリーンなイメージを売り物にしている本橋が平気で違法な手段で政治活動資金を集めていたのは残念だ。

疑ってもみなかった。まさに偶像が崩れ落ちたような感じだった。

金庫の奥には、無記名の割引債や金の延べ板が堆《うずたか》く積み上げてあった。ヤミ献金の一部で購入したにちがいない。

山内はしばらく呆然《ぼうぜん》としていたが、無意識に裏帳簿だけを内懐に抱え込んでいた。金庫をロックし、角の手帳を元の場所に戻して犯罪者のような気分で職場から逃げてきたのだ。

東京地検特捜部に裏帳簿を持ち込めば、本橋の政治家生命は絶たれることになるだろう。

しかし、今朝《けさ》まで尊敬していた人物をそこまで追い込んでもよいものなのか。それでは、あまりに情《じょう》がなさすぎる気もする。

といって、このまま目をつぶってしまったら、必ず後悔することになるだろう。山内は人一倍、正義感が強かった。曲がったことは大嫌いだった。

どうすればいいのか。

山内はステアリングを握って、長く呻いた。

結論を出すまで、だいぶ時間がかかりそうだった。

午前九時四十二分

大型ヘリコプターが着陸した。

南種子町広田《ひろた》地区の平坦地だった。土埃《つちぼこり》が凄まじい。

ローターが停止した。

すぐ後ろに、鹿児島県警機動隊のヘリコプターが翼を休めている。数キロ先には、宇宙センターの吉信射座エリアがある。

丘陵の向こうに、整備組立棟や射座点検塔がそびえている。朝の陽光を吸って、美しく輝いていた。

郷原はスライドドアを開け、真っ先に機を降りた。

機動隊の制服を来た同世代の男が駆け寄ってくる。ずんぐりとした体軀《たいく》だった。

「吹上です。警視庁極秘戦闘班の郷原警部でいらっしゃいますね？」

「そうです」

郷原は右手を差し出した。

吹上が男臭《くさ》い顔を少し綻《ほころ》ばせ、強く手を握り返してきた。郷原とは同じ職階だったが、物言いは謙虚だ。

五十嵐と轟が降り立った。郷原は二人の部下を吹上に紹介した。

死んだ柿沼は、寝袋の中に収めてあった。

宇津木は操縦席から離れない。いつでも離陸できる状態で待機しているのだ。

「現在の状況を教えてもらえますか？」

郷原は吹上を促した。

「本橋首相、的場理事、後藤氏の三人は吉信発射管制棟内に監禁されています。総理たちが食堂棟から連行されていくのを双眼鏡で確認したんですよ。ですんで、すぐさま食堂棟に偵察隊を送り込みました」

「ほかの人質は？」

「竹崎地区の食堂棟内で、中根文科大臣、首相秘書の角氏、ＳＰの塙、松居、登坂、星沢の四氏の計六人の死体が見つかりました」

「六人の人質が殺されてしまったのか」

「残念です。中根大臣は喉を鋭利な刃物で掻き切られていました。そのほかの方々は射殺されていました。塙さんだけは首を切断され、口の中に当人の性器が突っ込まれていました。惨《むご》いことをするものです」

吹上が怒りに声を震わせた。五十嵐が目を潤《うる》ませた。轟も下唇を嚙みしめていた。

郷原も犯人グループに対し、激しい憤《いきどお》りと憎しみを覚えた。塙の死が惜《お》しまれてならない。いずれ機会があったら、彼を極秘戦闘班のメンバーに引き抜くつもりでいた。

むろん、六人もの犠牲者を出してしまったことでも心をさいなまれた。社会的地位や年齢には関わりなく、どの命も尊《とうと》い。

「西村センター所長の所在は、まだ確認できない状態です。職員たち数十人がすでに射座点検塔に移され、推進剤の注入を急がされてるようです。それから発射管制棟に十人前後、衛星フェアリング組立棟にも四、五人の職員がいるようですね」

吹上が言った。

郷原は吹上を犒《ねぎら》い、事件の経過と背景を手短に話した。

「軍事偵察衛星を打ち上げる気なんですか⁉」

「ええ。しかし、その打ち上げ予定時間がまだわからないんですよ。犯人グループの誰かを押さえて、早くその時間を知っておかないと、打ち上げを阻止できなくなってしまう」

「われわれも何とか一味の誰かを確保したいと思ってたんですが、吉信射座エリアの周囲に十人の見張りがいるもので……」

「見張りの男たちは全員、フェイスキャップを被《かぶ》ってるんですか？」

「そうです。断定的なことは言えませんが、大半が外国人のようでした」

「見張りのいる位置を教えてください」

郷原は種子島宇宙センター施設配置図を開いた。

吹上がマーカーで印をつけた。火薬庫の横、衛星フェアリング組立棟付近、貯水池、小山のように土を盛られた大崎発射管制棟の脇、吉信射点入口の構内道路上、その真下の海岸付近、吉信崎の磯の上、整備組立棟の裏の崖《がけ》、固体燃料庫の横、第二非破壊試験棟と海岸の中間地点の十カ所だった。

「吉信射座エリアを十人で取り囲む恰好なんですよ。見張りは、短機関銃、軽機関銃、自動小銃、拳銃などで武装してます。ロケット・ランチャーやグレネード・ランチャーを持ってる奴もいます。グレネードでヘリを狙われたんで、上空からの偵察は中断してしまったんですよ。申し訳ありません」

「謝ることはありませんよ。地上班の方たちの現在ポイントは？」

郷原は訊いた。

「犯人グループの見張りたちと対峙《たいじ》するような形で、それぞれ張りついてる状態です。総勢三十人です」

「その三十人の方をいったん監視の目の届かない場所まで後退させてください。敵を刺激するのは避けましょう」

「お言葉ですが、うちの隊の者が包囲してることが、ある種の威圧になってるんではないでしょうか」

「確かに、そうした効果はあるかもしれません。しかし、同時に犯人側を挑発もしてます。彼らがキレたら、隊員の方に負傷者が出ることになるでしょう。場合によっては、見せしめに人質の職員を殺すかもしれません」

「わかりました。大きく後退させましょう」

「われわれ三人が何とか隙を衝《つ》いて、吉信エリアに潜《もぐ》り込みます。支援要請をするまで、待機していていただきたいんですよ」

「了解！」

吹上が敬礼し、隊のヘリコプターの方に駆け戻っていった。

郷原たちはセンターの地図を見ながら、潜入作戦を練りはじめた。

午前十時二十分

推進剤の注入作業は着々と進んでいる。

すでに発射台には、二本の固体ロケット・ブースターが固定され、その間に上下に重なった一段液体酸素タンクと二段液体水素タンクが立っている。タンクの真下には、一段エンジンのＬＥ－７と補助エンジンが取り付けてある。

吉信射座点検塔だ。

十勝は八階にいた。顔面は青痣《あざ》だらけだった。故意に殴打してもらったときの名残《なごり》だ。同僚たちは、自分が暴力に屈して従順になったと思い込んでいるようだった。

十勝は作業をする振りをしながら、同僚たちの動きをチェックしていた。

それが逸見から与えられた任務だった。二十九人の技術者たちは怯えきった表情で、黙々と働いている。ここに来る前は整備組立棟内で、やはり同僚たちの作業ぶりをチェックしていた。

ロケットの組み立ては、発射台に二つの固体ロケット・ブースターを設置することから始まる。

発射台には合計八本の支柱がある。この支柱の上に固体ロケット・ブースターを載せ、ボルトとナットで固定する。

このナットは、発射時に火薬の力で切断される構造になっている。二本のロケット・ブースターの間に、第一段を入れて接合させる。第一段の上に第二段を垂直に載せ、しっかりと結合する。

整備組立棟での作業はそこまでで、先端部分のフェアリングと偵察衛星の組み付け作業は射座点検塔内で行なう。

近くで見ると、一、二段推進器は圧倒されるほどの大きさだ。高さは三十八メートルで、直径も四メートルと太い。

二段推進器の上に衛星フェアリングを繋ぐと、全長でちょうど五十メートルになる。

十勝は犯人グループに屈した振りをしながら、同僚たちの動きを観察しつづけた。

手を抜く者はいなかった。誰もが反抗する気持ちも失ってしまったのだろう。

十勝は職場の仲間たちを裏切ったことに、別段、心の咎《とが》は感じていない。職場で気の許せる同僚はいなかった。

もともと人づき合いが苦手《にがて》だった。黙々と技術の開発や研究に没頭していたいタイプである。

職場のうすっぺらな人間関係は、煩《わずら》わしいだけだった。

信頼していた逸見が東京勤務になってからは、ほとんど同僚とは酒も飲んでいない。カラオケに誘われても、そのつど断ってきた。

また一緒に仕事をしないかと逸見に誘われたのは、四カ月前だった。

仕事の内容と雇い主のことを聞かされたときは、さすがに悩んだ。怯《ひる》む気持ちもあった。

しかし、雇い主は将来、自分のロケット発射基地を造る気だという。その話を聞かされたとき、かなり心が動いた。

待遇も悪くなかった。年収二千五百万円は保証してくれるという話だった。そのことにも惹《ひ》かれたが、何よりも逸見の下で働けることが嬉しかった。

十勝は小学生のころに、父を事故で亡《な》くしている。逸見は、頼り甲斐《がい》のある兄のような存在だった。

数日考えてから、十勝は逸見の誘いに乗った。イタリア人の雇い主は、逸見と自分のために近代的な研究所を設立すると約束してくれた。そこで、宇宙開発の夢を追いつづけることができるなら、いまの職場にはなんの未練もない。

自動小銃を手にした白人の大男が近づいてきた。暗号名はバッファローで、本名はオスカー・クリフォードだ。

アメリカの民兵《ミリシア》崩れで、四十二、三歳である。バッファローが日本語で喚《わめ》いた。

「おい、ぼんやりしてるんじゃねえ」

「ちゃんと点検をしてるじゃないかっ」

十勝は、ことさら大声で怒鳴《どな》り返した。何人かの同僚が驚いた顔を向けてきた。

「生意気な野郎だ。ちょっと来い」

バッファローが十勝の襟首《えりくび》を摑んだ。

十勝は抗《あらが》う真似をしながら、バッファローに引きずられていった。バッファローが足を止めたのは、エレベーターホールの隅《すみ》だった。同僚たちの目の届かない場所だ。

「なかなかの名演技じゃねえか。ところで、作業のことだが……」

「手抜きをしてる奴はいません」

「おかしなことをやってる野郎は？」

「それもいませんでした」

「それじゃ、後は頭に軍事偵察衛星を載せるだけだな？」

「ええ。でも、まだ気は抜けません。衛星フェアリングを接続させても、最終点検がありますんで」

「そいつが終わりゃ、いよいよ発射信号だな。それで、軍事偵察衛星はめでたく宇宙に飛んでくってわけだ」

「ええ、まあ。警察の動きは、どうなんです？」

十勝は訊いた。

「県警の機動隊の奴らは後退したようだな。ヘリも飛んでないよ。だが、警視庁の特殊チームの連中が近くに潜《ひそ》んでるみたいだから、油断はできねえな」

「打ち上げる前に、強行突入されたら、すべて水の泡になっちゃいますよ」

「心配ない、心配ない。見張りは十人もいるんだ。誰も、ここには近づかせねえさ」

「警察はロケットの発射時刻を知ってるのかな？」

「そいつは知らないはずだ。捕まったイーグルも、変更になった打ち上げ時刻は知らないからな」

「それなら、安心です」

「そうそう、軍事偵察衛星のフェアリングはもう完了したってよ」

バッファローが言った。

フェアリングは直径四メートルで、長さは十二メートルだ。アルミ合金で、重さは一・四トンしかない。ロケットが大気圏を抜けると、花が開くように分離する。

通常の偵察衛星は、だいたい地上百八十キロから五百三十キロの高度の軌道を飛びながら、特定地域の写真を撮《と》っている。

今回は高度二百キロの軌道に乗せればいいわけだから、それほど難しいことではない。成功率は限りなく百パーセントに近い。

「ボスの喜ぶ顔が目に浮かぶぜ。この仕事が片づいたら、酒と女をたっぷり味わえるだろう」

「…………」

「イタリア女は情熱的で最高だぜ。おまえにも、いい女を回してやるよ」

バッファローが目尻を下げた。

十勝は微苦笑し、足を踏みだした。

午前十一時十三分

白っぽい建物が見えてきた。

衛星フェアリング組立棟だろう。

郷原は地べたを這っていた。あたりは草むらで、ところどころに灌木《かんぼく》が見える程度だ。郷原は背や両腕に、カムフラージュの小枝や葉を付けている。

見通しは悪くない。その分だけ、犯人グループの目につきやすかった。

少しずつ匍匐《ほふく》前進するほかない。実に、もどかしかった。

五十嵐は左手の海岸伝いに、吉信射座エリアに接近中だった。轟は大崎射座エリアを大きく回り込み、吉信射座に潜入することになっていた。

支援チームの『SAT《サット》』の二十人は、陸と海の両側から吉信射座エリアを包囲する手筈《てはず》になっていた。

郷原たち三人は少し前に、『SAT』の隊員たちと打ち合わせ済みだった。『SAT』のメンバーが支援活動に入ったら、鹿児島県警の機動隊員たちは、さらに後方に退《さ》がることになっている。

衛星フェアリング組立棟の前に、見張りの白人男がいた。

郷原は腹這いのまま、目に双眼鏡を当てた。

男は三十二、三歳の赤毛でフェイスキャップは被っていなかった。ガムを嚙みながら、横に行ったり来たりしている。

抱えているのは、イタリア製のベネリ・スーパーM90だ。セミオートのショットガンである。フラッシュライト付きだった。

男の動きに無駄はない。

歩きながら、前後左右に目を配っている。訓練を相当積んでいるにちがいない。

郷原は数十分前に麻生を介して、海上保安庁と海上自衛隊に出動を要請した。

しかし、まだ大型貨物船や不審なタグボートを発見したという情報は入っていない。

首謀者のパゾリーニを捕まえられれば、人質の救出はたやすくなる。軍事偵察衛星の打ち上げの阻止もできるだろう。

だが、それを期待する気持ちはなかった。

見張りの誰かをぶちのめし、ロケットの打ち上げ時刻を吐かせるつもりだ。時刻を知らなければ、次の作戦を練ることもできない。

郷原は監視の赤毛男を見ながら、また前に進みはじめた。

武器は電子麻酔銃とベレッタしか携帯していなかった。フィールドパックの中身は、ロープの束《たば》だった。着脱自在の数種の鉤《かぎ》も入っていた。

特殊無線機のレシーバーに、五十嵐の声が入った。

「第二非破壊試験棟の手前にいます。一度、侵入を試《こころ》みたんですが、アメリカ人らしい見張りに気づかれそうになったんで、いまはチャンス待ちの状態です」

「そうか。海岸線から入ることはできなかったんだな?」

「小型地雷があちこち埋まってたんですよ。それで、こちらに回ってきたんです。真っ昼間だから、動きにくいですね」

「そうだな。しかし、少し空が曇ってきた。雨になってくれるといいんだが……」

「そうですね」

「もう交信を打ち切ろう。風が後ろから吹いてるんだ。囁《ささや》き声でも、監視の耳に届くかもしれないからな」

郷原はトークボタンから指を浮かせた。

そのとき、今度は轟から無線連絡が入った。

「班長《キャップ》、推進剤を注入中のようです」

「いま、どこにいる?」

「大崎発射管制棟から少し海寄りの所にいます。ただ、ガードが固くて……」

「うまく見張りを倒せたら、移動発射台まで突っ走ってくれ」

「了解しました」

「決して無理はするなよ。ロケットの打ち上げを阻止するチャンスは、まだあるだろう」

郷原は言った。

そのとき、赤毛の男が立ち小便をしはじめた。いくらか隙があった。

郷原は電子麻酔銃を構えた。

有効射程距離の二百メートルぎりぎりの場所に赤毛男はいた。せめて十五、六メートル距離を縮《ちぢ》めたかった。しかし、前に進む余裕はない。

引き金を絞る。ダーツ弾が走った。

双眼鏡を覗《のぞ》く。ダーツ弾は、赤毛の男の右手の甲《こう》に突き刺さっていた。男はダーツ弾を引き抜こうとしている。

郷原は身を起こし、突っ走った。

赤毛男が無線で助けを求め、左手でイタリア製のショットガンの引き金を指で手繰《たぐ》った。重い銃声が、こだました。

郷原は枯れ草の上に伏せた。

散弾が頭上を掠めた。右手の貯水池の方から、ドイツ製のサブマシンガンを持った白人が走ってきた。

赤毛男が仲間に何か言いながら、膝を地面に落とした。痺《しび》れが回りはじめたらしい。

サブマシンガンが連射音を刻《きざ》みはじめた。

見張りたちを一カ所に集めることにした。悪くない作戦だろう。

郷原は太い樹木の陰まで駆け、電子麻酔銃をベレッタM92SBに持ち替えた。

赤毛男が俯《うつぶ》せに倒れた。

ヘッケラー&コッホMP5Aサブマシンガンの銃弾が樹木の幹に埋まり、梢《こずえ》や小枝を吹き飛ばした。郷原は、相手の右肩に狙いを定めた。

トリガーを一気に絞る。

白人の男が右肩を引く恰好で、後方に倒れた。短機関銃は大きく舞い、草の上に落ちた。

「おれが監視の連中を集めるから、その隙におまえたちは潜り込め！」

郷原は特殊無線で二人の部下に命じ、ベレッタを握り直した。

少し経《た》つと、火薬庫の方から東南アジア系の見張りが姿を見せた。やや小柄だ。フェイスキャップは被っていない。イスラエル製のUZI《ウージー》サブマシンガンを構えていた。

郷原は男を充分に引き寄せてから、ベレッタを吼《ほ》えさせた。狙ったのは、右の太腿だった。

命中した。

東南アジア系の男が横に転がる。男は倒れながらも、UZIを構えた。

郷原は、先に相手の肩口を撃ち砕いた。男はUZIとともに吹っ飛び、転げ回りはじめた。

郷原は一分ほど待った。

だが、もう敵の人影はどこからも飛び出してこなかった。郷原は姿勢を低くしながら、衛星フェアリング組立棟に近づいた。

赤毛の男は意識を失っていた。右肩を血に染めた白人の男が郷原に気づき、左手で腰からグロック32を引き抜いた。

郷原は大きく踏み込み、男の胸を蹴り込んだ。

男が前屈みに倒れた。自動拳銃が手から落ちる。郷原はグロック32を踏みつけ、ベレッタの銃口を男の後頭部に押し当てた。すぐに英語で訊いた。

「軍事偵察衛星の打ち上げ時間は？」

「知らない」

男が英語で言った。

郷原は銃口を男の脇腹に移し、無造作《むぞうさ》に銃弾を撃ち込んだ。男が呻いて、横に倒れた。

「おっと、いまのは暴発だ。悪かったな」

「くたばれ《ファック・ユー》」

「次は、どのあたりで暴発させるかな」

「くそったれめ！」

男が唸りながらも、大声で罵倒《ばとう》した。郷原は銃口を男の後頭部に戻した。

「ここなら、すぐに地獄に行けるな」

「やめろ！　おれの負けだ」

男が澱《よど》みのない日本語で言った。

「ロケットの発射時刻は？」

「午後一時の予定だよ」

「嘘じゃないなっ」

「いまさら嘘をついても、仕方ないだろうが！」

「それもそうだな」

郷原は応じた。そのとき、背中に殺気を感じた。

振り向くと、東南アジア系の男が手榴弾《しゅりゅうだん》を振り上げたところだった。郷原は掌中の手榴弾を撃ち砕いた。

爆発音が轟き、赤い閃光《せんこう》が拡散する。

東南アジア系の男の体が、粉々《こなごな》に吹き飛ばされた。肉の焦《こ》げる臭《にお》いが不快だった。

「荒っぽいお巡りだな」

「まだ死ぬわけにはいかないからな。人質のいる場所は？」

「本橋、的場、後藤、それからセンターの有森次長たち職員が十一、二人、発射管制棟にいるよ」

「そこに、シャーク、いや、室伏がいるんだな？」

「ああ」

「センター所長の西村氏は、どこにいるんだ？」

「管理棟の一室に閉じ込めてある。職員宿舎には、事務系の職員が二、三十人いる。ほかの技術系の職員はロケットの発射準備をやらされてるよ」

「十勝はどこにいる？」

「射座点検塔にいるんじゃねえのか」

「パゾリーニは、何時に種子島沖に迎えに来ることになってるんだろ？」

「おれは知らねえよ。シャークなら、当然、知ってるだろうがな」

「まあ、いいさ」

郷原はトランシーバーを取り出した。

コールすると、『ＳＡＴ』のメンバーが応答した。

郷原は見張りの二人を生け捕《ど》りにして、ほかの一人が爆死したことを伝え、後のことを『ＳＡＴ』に委《ゆだ》ねた。

交信を終えたとき、轟から連絡が入った。

「見張りを気絶させました。射座点検塔に接近中です。軍事偵察衛星の収まったフェアリングは、すでに射座点検塔内に運び込まれてるようです」

「ロケットの打ち上げ予定時刻は午後一時らしい。まだ一時間半ほどある。先に管理棟に監禁されてる西村センター所長を救出しよう」

郷原はいったん交信を切り、五十嵐に呼びかけた。

「いま、固体ロケット試験棟の裏にいます」

「現在地点は？」

「見張りの目を掠めて、管理棟に近づいてくれ。中のどこかに、西村所長がいるはずだ。本橋首相や的場理事は、発射管制棟に移されたらしい」

「見張りを押さえたんですね？」

五十嵐が問いかけてきた。郷原は経過をかいつまんで話した。

「打ち上げが一時と聞いて、ひと安心しましたよ。西村所長と職員宿舎にいる人質を救出してから、発射管制棟に突入するんですね？」

「そうだ。発射管制棟に入ったら、本橋首相たちを保護し、発射装置を押さえよう。そうすれば、偵察衛星は永久に飛ばせなくなる」

「そうですね。それはそうと、われわれ三人で人質のすべてを救出するのは、難しいじゃありませんか？」

「そうだな。『SAT』のメンバーの手を借りよう。いま、トランシーバーで指示したとこなんだ。隊員にバックアップの方法を細かく指示しておくよ。とにかく、おまえは管理棟に向かってくれ」

午前十一時二十九分

室伏はトランシーバーを取り上げた。

吉信発射管制棟の中央にある八角形の発射管制室だった。平家建《ひらや》てだ。

作業指導卓や操作卓がずらりと並び、作業状況を示すディスプレイやモニターが見える。

室伏は、射座点検塔にいるバッファローを呼んだ。

「モニターで観《み》ての通り、いま衛星フェアリングを吊り上げたところだ」

「作業を急がせてくれ。また、発射時刻が変更になった」

「タイガーが死んで、スネークたち二人が警察に捕まったからだな？」

「そうだ。ボスに電話をかけたら、午後零《れい》時に打ち上げろと……」

「ちょっと時間的に厳しいんじゃねえか。まだまだ燃料の注入に時間がかかるだろうしな」

バッファローが自信なげに言った。

「とにかく、急がせるんだ。おそらく警察は、スネークたちから打ち上げが午後一時だと聞き出すだろう。だから、何が何でも一時間繰り上げて軍事偵察衛星を打ち上げろって命令なんだ」

「わかったよ」

「結合作業が終わり次第、人質を連れて管制棟《ブロックハウス》に来てくれ」

室伏は交信を切り上げ、管制卓に向かっている有森次長に歩み寄った。

六列の操作卓には、ちょうど十人のセンター職員が坐っている。有森が気配で振り向いた。

「ロケットを午後零時きっかりに発射《リフトオフ》させろ」

「無理です。もう三十分を切ってるじゃありませんか」

「やるんだ。間もなくフェアリングの結合が完了する」

「推進剤を注入した後、液体エンジンの周辺に大量の窒素ガスを流さなければならないんです。水素が多少漏《も》れても、事故を招かないようにね。そのほか、いろいろ必要なチェックがありますし」

「とにかく、時間通りに打ち上げろ！」

室伏は凄《すご》んで、後方の椅子に戻った。

壁の前の椅子に、本橋、的場、後藤の三人が腰かけている。そのそばには、コヨーテが立っていた。

「きさまたちの狙いは、軍事偵察衛星を打ち上げることだったんだなっ」

本橋が言った。

「やっと気づいたか」

「無理な打ち上げをさせたら、大惨事になるぞ」

「安心しなって。あんた、視察のときに話をちゃんと聞いてなかったな。このブロックハウスの屋根は厚さが一・二メートルもあるんだよ。爆発事故が起きても、怪我《けが》することはねえさ。確か密閉状態でも、百二十人の人間が約四時間滞在できる。それに万一の危険に備えて、地下に避難トンネルがあるんだよ」

室伏は首相に言ってから、的場に顔を向けた。

「そうだったよな、理事さん？」

「ええ、まあ。それはともかく、三十分弱でロケットを発射させるのは危険ですし、失敗に終わるかもしれません。それからですね、H-Ⅱには巨額がかかってるんです。ロケットを平和利用に使わなければ、国民が怒るでしょう」

「ああ、怒るだろうな。しかし、おれたちには関係のねえ話だ」

「そんな、あなた！」

的場が初めて反抗的な態度を示した。

「ここで死ぬ気になったらしいな」

「…………」

「花火大会が終わったら、自由にしてやるよ」

室伏は言い放ち、八角形の発射管制室を出た。

管制室を取り囲む形で、テレメーター室、会議室、要員控室などがある。室伏は急ぎ足で、各室を見て回った。

警察の影はどこにもなかった。

午前十一時三十七分

大粒の雨が落ちてきた。

空は真っ暗だった。雨が降りだしたのは、かえって好都合だ。大雨になれば、ロケットの打ち上げは困難になるかもしれない。

郷原たち三人は、管理棟の隣に立つ無人の建物の屋上にいた。

二つの建物の間には、太いロープが差し渡されている。ロープの先端の錨《いかり》形《がた》のフックは、管理棟の屋上のコンクリート柵《さく》にしっかりと引っ掛かっていた。

ロープの反対側は、こちら側の建物の塔部に幾重《いくえ》にも巻きつけてある。

管理棟の玄関はガードが固かった。そこで、屋上から侵入することにしたのだ。

まっすぐに張られたロープの上を、轟が腹這《ば》いになって尺取《しゃくと》り虫のように前進中だった。

オーストラリアン・クロールと呼ばれている前進の仕方である。轟の腰にはDの形をしたリングが装着され、ロープはリングの中を通っている。

もしロープから滑り落ちても、簡単に這い上がれる。片方の足をロープに絡《から》め、もう一方の足を蹴り下げたときに体の向きを変えればいい。

郷原たち三人は、ロープ渡りには馴《な》れていた。轟は軽々と隣の建物の屋上に移った。

そのとき、双眼鏡を覗いていた五十嵐が短い声をあげた。

「どうした?」

郷原は低く問いかけた。

「射座点検塔からセンター職員たちが続々と出てきて、発射管制棟に向かって走ってます。犯人グループの者たちも人質を追い立てながら、管制棟に向かってますね」

「敵はロケットの打ち上げ時刻を早めたな」

「そういうことだったのか。午後一時じゃなく、零時半ぐらいなんですかね」

「いや、もっと早い時刻だろう」

「というと、零時ジャストですか⁉」

五十嵐の声が裏返った。

「ああ、おそらくな」

「班長《キャップ》、先に打ち上げを阻止しましょう」

「もちろん、そのつもりだよ」

郷原は轟を戻らせ、『ＳＡＴ』のメンバーに西村センター所長たちの救出と監視たちの確保を命じた。

三人はラベリング・ロープを使って、次々に地上に降りた。近くに見張りの姿はなかった。

郷原たちは吉信発射管制棟に向かった。

午前十一時四十二分

発射管制室の空気が張り詰めた。

テロリストも人質も、モニターを凝視《ぎょうし》している。

画面には、射座点検塔が映《うつ》っていた。無人だった。旋回部は大きく開き、全長五十メートルのＨ－Ⅱロケットが完全な形で垂直に立っている。

フェアリングの結合は、数分前に終わっていた。

ロケット内部の各種スイッチの開閉などは、すべて発射管制室から遠隔操作で行なう。

室伏は十勝にさりげない足取りで近寄り、そっと耳打ちした。

「指令卓のスイッチにおかしなところがないかチェックしてくれ」

「はい」

十勝が指令卓に近づき、指揮官席に坐った有森次長の肩越しに誘導スイッチを一つひとつ確かめていった。

少し経つと、彼は片腕を伸ばして素早く何かのスイッチを押した。

「おい、何をするんだっ」

有森が十勝を詰《なじ》った。

「次長、このボタンを押しとかなきゃ、いつでもリフトオフの中止ができるじゃないですか」

「きみは何を言ってるんだっ。このスイッチを押してしまったら、中止ボタンが作動しないじゃないか」

「リフトオフさせたいんだよ、わたしはね」

「き、きみは、もしかしたら……」

「そう、彼らの仲間さ」

「なんて奴なんだ」

「発射信号の予約をしよう。次長、あんたはどけ！」

十勝が中腰になった有森次長を突き飛ばし、指揮官席に腰かけた。職員たちが、どよめいた。

「落ち着きな、みんな！」

室伏は大声を張りあげ、サブマシンガンを横にゆっくりと振った。

十勝が発射信号の予約を済ませた。

午前十一時四十六分

発射管制棟の避難トンネルの出入口には、二人の見張りが立っていた。どちらも白人だった。フェイスキャップは被っていない。ともに二メートル近い巨漢だ。

郷原は二人の部下に目配せした。

五十嵐と轟が左右に散った。出入口の両側は植え込みになっていた。

郷原は少し待ってから、スロープを下《くだ》りはじめた。

男たちが同時に短機関銃を構えた。

そのとき、左手の植え込みの中から轟が宙に跳《と》んだ。右の膝頭《ひざがしら》で手前の大男の顎《あご》を思うさま蹴り上げ、折り曲げていた左足の底で向こう側の巨漢の側頭部を蹴った。

見張りの男たちは相前後して倒れた。五十嵐が、気絶しかけている男たちの顎の関節を次々に外した。

郷原はスロープを一気に駆け降り、二人の男の首筋に麻酔ダーツ弾を一発ずつ浴びせた。

トンネルの鉄扉《てっぴ》はロックされていなかった。

三人はトンネルの中を走りはじめた。

長いトンネルだった。郷原は駆けながら、腕時計を見た。十一時五十一分を回っている。

郷原たちは全力疾走し、発射管制室に迫った。

管制室の鉄扉のドアはロックされていない。鉄扉の斜め上に、ガラス張りの窓があった。

五十嵐が窓の下で四股《しこ》立ちになって、両腕を拡《ひろ》げた。轟が五十嵐の太腿に片足を掛け、軽やかに肩口に上がった。

ガラス窓から室内を覗き込み、ほどなく彼は五十嵐の肩から降りた。

「犯人グループは指令卓の後ろに固まって、センターを観てます。十三人です。室伏らしい男は、指揮官席の真後ろにいます」

「人質の数は？」

「約五十人です。センター職員たちの多くは、左側のモニターの左右に立たされています。本橋首相、的場理事、有森次長、後藤秘書の四人は、右側の壁際《かべぎわ》の椅子に坐らされてますよ」

「テロリストグループが立ってる場所から、どのくらい離れてる？」

郷原は低く問いかけた。

「三・五メートルは離れてると思います」

「それじゃ、オーソドックスな作戦でいこう」

「はい」

二人の部下が声を揃え、フェイスキャップを被り、ゴーグルも掛けた。

「制圧に五秒以上は費《つい》やせないぞ。いいな」

郷原もフェイスキャップとゴーグルで、顔面をすっぽりと覆った。

轟はヘッケラー＆コッホＭＰ５Ａ４を手にしていた。ドイツ製の短機関銃だ。五十嵐がヘイリー＆ウェラー社製の特殊閃光手榴弾《スタン・グレネード》を取り出し、ドアの右側に立った。

郷原はベレッタを握り、ドアのやや左寄りにたたずんだ。その後ろに轟が立つ。

五十嵐がスタングレネードのリングに指を掛けた。

郷原は足でドアを勢いよく蹴った。

特殊閃光手榴弾が室内に投げ込まれた。腸《はらわた》に響くような爆発音が響き、赤い光が閃《ひらめ》いた。

郷原を先頭にして、三人は管制室の中に躍《おど》り込んだ。

人質が悲鳴を放った。犯人グループの男たちがそれぞれ振り返った。すかさず三人は、拳銃や短機関銃の銃口を向けた。

「全員、両手を頭の上に置け」

郷原は犯人たちに鋭く言った。

二人の部下がテロリストたちに走り寄り、手早く武器を奪った。郷原は十三人の男を床に這わせた。

「室伏は、どいつだ？」

「…………」

誰も答えなかった。すると、本橋がひとりの男を指さした。

「そいつがリーダーだよ」

「立て、室伏！」

郷原はフェイスキャップを剝《は》いで、声を張った。ほぼ中央にいる細身の男がのっそりと起き上がった。

「ロケットの発射時刻は午後零時だな？」

「ああ。だが、もう中止はできねえぜ。ロックしてあるからな」

「ほんとですか?」

郷原は的場に問いかけた。

「ええ。センター職員の十勝が誘導予約を解除できないようにロックしてしまったんですよ」

「十勝はどこに?」

「そこです」

的場が、指揮官席に坐った色白の男を指さした。

十勝は何か口の中で呟きながら、ぶるぶると震えはじめた。

郷原は手首の時計を見た。

リフトオフまで七分しかない。もはや軍事偵察衛星を撃ち墜とすしか手立てはない。

テロリストのひとりは、八十一ミリのロケット・ランチャを背負っていた。

郷原は、男からランチャーとロケット弾を奪った。

「ロケットを……」

五十嵐が、どんぐり眼《まなこ》をさらに丸くした。

「そうだ」

「しかし、もう間に合わないでしょ?」

「ここは頼む」

郷原はロケット・ランチャーを肩に担ぎ、猛然と走りだした。

トンネルを逆走する。郷原は走りながら、頭の中で数を数えはじめた。

もう六分を切っている。残りは五分数十秒だ。

夢中で駆けた。

トンネルは、およそ三百メートルだった。出入口に差しかかると、バトルスーツの男が全速力で走ってきた。『ＳＡＴ』の隊員たちに追われているのだろう。

色が黒い。アラブ系だろうか。

男は郷原に気づくと、立ち止まった。短機関銃を構えると、イングラムＭＡＣ11《マックイレブン》を全自動で唸らせはじめた。

九ミリ弾が襲ってきた。

郷原はトンネルの壁に寄り、左手を使ってベレッタで応戦した。男は額《ひたい》から血しぶきを撒《ま》き散らしながら、後方に吹っ飛んだ。

郷原は、ふたたび全速力で駆けはじめた。

トンネルを抜けると、麻酔の回った二人の大男が横たわっていた。前方から、四、五人の『ＳＡＴ』隊員が走ってきた。

「人質の保護を頼む」

郷原は言って、丘を駆け上がった。

残り時間は、あと三分四十一秒だ。焦りが募《つの》る。

雨が勢いを増していた。

濡れた衣服が重い。ひどく走りにくかった。郷原は軽装なら、百メートルをいままでも十二秒台で走れる。しかし、この状態では二十秒はかかっているだろう。

ようやく広い構内道路に出た。

中央に敷かれた二本のレールの先に、軍事偵察衛星を搭載したH－Ⅱロケットが佇《ちょ》立《りつ》している。射点には人の姿はない。

全長五十メートルのロケットは雨にしぶかれながら、発射の刻《とき》を待っていた。

郷原は、また腕時計を見た。

残り時間は二分十三秒だ。射点まで、優《ゆう》に三百五十メートルはある。射程距離には入っているが、もう少し詰めたほうがよさそうだ。

郷原は、さらに走ろうとした。

そのとき、丘の上で銃声が響いた。

バトルスーツ姿の男がボトルアクションのライフルを構えていた。拳銃弾と違って、ライフル弾の殺傷力は強い。侮《あなど》れなかった。

郷原は忌々《いまいま》しかったが、いったんロケット・ランチャーと砲弾を道路に置いた。

片膝を落として、ベレッタを握る。

狙撃者も身を屈めた。早く勝負をつけなければならなかった。

時間を無駄にはできない。郷原は立ち上がって、わざと視線をさまよわせた。誘いだった。

予想通り、敵が急に立ち上がった。

郷原は立射《りっしゃ》で二発たてつづけに撃った。撃った弾《たま》は、相手の頭部と左胸にポイントした。狙撃者が棒のように倒れた。

すでに一分を切っている。

郷原は五十メートルほど先まで走り、ランチャーにロケット弾を込めた。残りは二十秒もない。ロケット・ランチャーを肩に担ぎ上げ、照準を先端部の衛星フェアリングに合わせる。

できれば、軍事偵察衛星の収まっている先端部分だけを撃ち砕きたかった。

確実性を考えると、H－Ⅱロケットごと爆破したほうがよさそうだ。といって、いまランチャーの引き金を絞ったら、射点の建造物まで破壊してしまう。

それは避けたかった
確かロケットは発射して数秒は、徐々に上昇していくはずだ。

郷原は上昇速度の見当をつけ、ロケット・ランチャーの銃口を少しずつ垂直に上げていった。

リフトオフまで、余すところ五秒だ。

郷原はゴーグルを外し、大きく深呼吸した。H－Ⅱロケットが橙色《だいだいいろ》の炎を吐きはじめた。ほとんど同時に、耳を弄《ろう》さんばかりの大轟音とともに巨大な機体が浮き上がった。

思っていた以上に、上昇の仕方は滑《なめ》らかだった。

これなら、撃ち墜とせそうだ。慌てることはない。

郷原は自分に言い聞かせた。

打ち上げられたロケットは噴射炎と白煙を吐きながら、徐々に上昇していく。郷原は上昇速度を目で確かめながら、八十一ミリのロケット弾を放った。

H－Ⅱロケットは黒々とした空に吸い込まれかけた瞬間、凄まじい音をたてて爆《は》ぜた。

とてつもなく大きな炎の塊が幾度か弾け、空を赤く染めた。高度七、八百メートルあたりだろうか。

正確な目測はできなかった。ロケットの破片が次々に海に落ちていく。

いくら何でも、百九十億円の花火は贅沢すぎる。国民に恨《うら》まれるだろう。

郷原はランチャーを肩から振り落とした。

午後零時十六分

コンテナ船アロー号から、小型潜水艦が離れた。

種子島沖十二キロの海中だった。艦長室には、パゾリーニと逸見がいた。

「私設軍隊の兵士たちを見捨てるんですか⁉」

逸見のイタリア語の声には、非難が込められていた。

「仕方がないじゃないか。また、もっと勇敢な兵士たちを養成すればいいさ」

「パゾリーニさん、十勝だけでも何とかなりませんか？」

「何を言ってるんだっ。アロー号は、もう自衛隊と海上保安庁の艦船に包囲されてるんだぞ」

「しかし、この最新鋭潜水艦のスクリューは無音ですから、自衛隊のソナーにはキャッチされないでしょ？」

「ああ、それはな。深度五百メートルの海溝をたどって包囲網を掻《か》い潜《くぐ》れれば、うまく台湾まで逃げられるだろう」

「それでしたら、十勝を救ってやっても……」

「どうやって、宇宙センターに行くんだっ。警視庁と鹿児島県警の奴らが、うじゃうじゃいるんだぞ」

パゾリーニは怒鳴り、ハバナ産の葉巻をくわえた。

逸見は口を開きかけたが、言葉を呑んだ。

小型潜水艦はぐいぐいと海底近くまで潜り、深い海溝の入口に達した。海溝から海溝を抜け、巧みに包囲網を潜り抜けた。

午後零時五十分

海自と海保の艦船が全速前進《フルアヘッド》で走っている。

パゾリーニの小型潜水艦を追っているのだ。郷原はヘリコプターの機内から、眼下の海を見下ろした。

逸見の射殺体が、大きなうねりに揉《も》まれていた。俯《うつぶ》せだった。その近くに、海上保安庁の警備艇が見える。篠《しの》つく雨の中で、保安官たちが遺体の収容作業に取りかかりはじめた。

パゾリーニ、いつか必ず追いつめてやる！

郷原は胸中で吼えた。

午後三時一分

大型ヘリコプターは日向灘に出た。

空は青かった。数十分前までの豪雨が嘘のようだ。ちぎれ雲ひとつ浮かんでいない。

機は東京をめざしていた。

二人の部下は互いに凭《もた》れ合って、気持ちよさそうに寝息をたてている。

最後列には、西村センター所長が坐っていた。母のいる病院に一刻も早く駆けつけたいと泣きつかれ、機に同乗させたのだ。

郷原は紫煙をくゆらせていた。

事件は落着したが、いくらか気が重かった。

多くの犠牲者を出し、百九十億円の血税も無駄にしてしまった。塙の生首が瞼の裏に灼《や》きついて離れない。

本橋首相は郷原たち三人の手を握り、幾度も感謝の言葉を繰り返してくれた。宇宙センターの職員たちの中にも、泣いて謝意を表してくれた者がいた。

それでも郷原は、何か心が重苦しかった。事件の後始末を『ＳＡＴ』に任せきってしまったのは、遣《や》りきれなかったからだ。

首謀者のパゾリーニは取り逃がしてしまったが、自分たちはベストを尽《つ》くした。

郷原は自分を納得させ、短くなった煙草の火を揉み消した。

無性《むしょう》に、さつきに会いたかった。今夜は、彼女の胸を枕にして眠りたい気分だった。


そのころ、山内は東京地検の前に立っていた。

尊敬していた本橋首相を罪人にすることは辛い。しかし、真実から目を逸らすわけにはいかなかった。

おそらく本橋はあらゆる方法を使って、自らの不正を揉み消そうとするだろう。

自分の内部告発は無意味になるかもしれない。それでも、やはり目をつぶることはできなかった。

山内は裏帳簿の入った書類袋を抱え直し、東京地検の表玄関に足を向けた。

頭上で、裸木が風に号《な》いている。

山内の視界が涙でぼやけた。涙は拭《ぬぐ》わなかった。

ただ、足を速めた。ゆっくりと歩いていたら、決意が崩れそうだった。